KB073514

마르지
않아도

잘
사는데요

마르지
않아도
잘
사는데요

노은솔
에세이

어제는 수영 선수,
오늘은 70kg
크리에이터 노은솔의
자존감 200% '나 사랑법'

21세기북스

차례

뻔뻔하게도, 나를 가장 사랑해줄 수 있는 것은 나 자신이다

나를 대표하는 키워드 중 하나는 바로 70kg를 넘나드는 몸무게가 아닐까 싶다. 내가 유튜브에서 사람들에게 몸무게를 공개하고 나니, 70kg가 생각보다 뚱뚱해 보이지 않는다고 순수하게 놀라는 사람들도 있었고, 여자가 70kg가 넘으면 '돼지'라며 기겁하는 사람들도 물론 있었다. 하지만 어쨌든 그게 내 몸무게다. 참고로 키는 173cm다.

나는 왜 공주처럼 작고 마른 다른 애들이랑 다를까? 남들보다 비교적 큰 키와 골격으로 아이돌처럼 마르고 여리여리한 몸매를 가질 수 없다는 것이 어릴 때는 오래도록 나의 콤플렉스였다. 중학교 때 조금 일찍 SNS를 시작하며 꽤 많은 팔로워와 인기를 얻어보기도 했지만, 대신에 실물을 보면 생각보다 덩치가 크고 뚱뚱하다는 날것의 평가도 늘 꼬리표처럼 따라다녔다. 덕분에 나는 내 몸에 만족해본 적이 없었다. 세상에서 예쁘다고 말하는 기준을 벗어나 있는 이상, 전신 성형이라도 하지 않으면 내 인생에 미래는 없다고 극단적으로 생각했던 시절도 있었다.

오랫동안 외모가 전부인 것처럼 말하는 세상에 나를 가둔 채로 거기에서 벗어나지 못하고 몸부림쳤다. 사람들의 허상 같은 기대치를 충족시키려고 아등바등했던 것 같다. 그게 나에게 전혀 도움이 되지 않는다는 건 알고 있었지만, 그렇다고 해도 어릴 때부터 정답인 것처럼 지니고 있던 가치관을 바꾸는 건 쉬운 일이 아니었다.

객관적으로 모든 사람에게 완벽하게 예뻐 보이는 사람은 애초에 될 수 없으며, 예쁜 게 나를 이루는 전부도 아니라는 것을 받아들이려고 노력했지만 그러다가도 세상에 수많은 예쁜 사람들을 보면 흔들렸다. 그들은 예쁜데 나는 안 예쁘다고 나도 모르게 비교하는 행위를 그만 멈추고 싶었다.

그런데 많은 분이 지금은 크리에이터로 활동하는 나를 보며 자존감이 높아 보인다고, 어떻게 그렇게 될 수가 있느냐고 묻는다. 실제로 지금의 나는 내 몸이 부끄럽지 않다. 장원영과 키는 똑같지만 몸매는 너무 다른 나에게 뻔뻔하게도 제일 많이 '예쁘다'고 말해주는 건 아마 나 자신이다. 하지만 내 몸이 마르지 않았다는 사실을 인정하고 그 괴로움에서 벗어나기까지 나에게도 많은 과정이 필요했다. 처음부터 내 자존감이 높았던 것은 결코 아니다.

그러니 이 책은 내가 외모 콤플렉스에서 벗어나 지금에 이르기까지 그동안 얼마나 어리석었는지, 그럼에도 어떻게 살아남아 빛나게 되었는지에 대한 가장 솔직한 고백이다. 전혀 멋지지 않고 조금은 부끄럽기도 한 이야기를 고스란히 털어놓는 가장 큰 이유는, 우리 자신이 충분히 사랑받아 마땅한 존재라는 조금은 뻔하기도 한 확신을 꼭 전하고 싶었기 때문이다.

자신을 인정하고 사랑하는 게 말처럼 쉽지 않다는 것을 나는 누구보다 잘 안다. 나는 늘 사랑을 원하고 갈구하는 아이였다. 하지만 내가 나를 먼저 사랑하지 않으니, 언제나 사랑은 부족하게만 느껴졌다. 외롭고 결핍된 나 자신을 스스로 돌봐주고 나서야 이제는 주변에도 사랑을 베풀 수 있을 만큼 성장한 것 같다. 사랑을 받아본 사람이 진짜 사랑을 줄 수 있다고 생각했는데, 감사하게도 많은 사랑을 받으면서 한 걸음씩 이만큼이나 내디뎌올 수 있었다.

처음으로 팬미팅을 했을 때, 어느 팬분에게 편지를 한 통 받았다. 나를 좋아해주시는 분들의 마음 하나하나가 너무 감사하지만 사실 감동의 리액션을 엄청나게 잘하는 성격이 아니라, 제대로 반응하지 못했다. 우선 읽어본 그 편지의 마지막 줄에 이런 문장이 있었다.

언니, 제가 주는 사랑이 언니가 앞으로 받을 사랑 중에서 가장 적은 사랑이었으면 좋겠어요.

사실 내가 살면서 울어본 일은 지나가다 별똥별을 볼 확률만큼이나 적은데, 그 문장을 읽고 나도 모르게 울컥해서 눈물이 났다. 지금도 힘들 때는 그 말이 생각난다. 지금 당장 아프고 외롭더라도 앞으로 더 큰 사랑을 받기 위한 과정일 뿐이라고 생각하면서 다시 힘을 내게 된다. 그리고 나도 소중한 사람들에게 똑같은 말을 나눠주고 싶다.

지금의 나는 더 이상 나를 싫어하지도, 스스로의 외모를 채찍질하지도 않는다. 오히려 나 자신을 가장 예뻐하고 사랑하는 사람이 되기로 했다. 여전히 유튜브에 영상을 올리면 악플도 달리고, 내가 크고 못생겼다고 말하는 사람들이 있다. 하지만 그들의 말에 내 삶을 맡겨놓을 수는 없다는 걸 깨달았다.

그래서 이젠 남들의 말에 휘청거리지 않고, 나의 자존감을 무너뜨리기 위한 말들을 다 덮을 만큼 예쁘고 사랑스러운 말을 내가 나에게 건네준다. 나를 위해서, 그리고 나를 응원해주는 사람들을 위해서도.

나는 좋은 말의 힘을 믿는다. 만약 자신을 사랑하라는

말이 지금은 가슴에 와닿지 않더라도, 이 책을 읽은 후에는 못 이기는 척하고 자기 자신을 향해서 사랑을 듬뿍 담은 좋은 말을 한마디라도 건네주었으면 좋겠다. '너 정말 예쁘다!', '오늘도 생기 넘치고 사랑스러워' 하고 말이다. 처음에는 쑥스럽고 괜히 머쓱하지만 적어도 기분이 나쁘지는 않을 것이다. 손해볼 것도 없고 혼자 쑥스러운 미소를 한 번 짓게 되는 일이라면, 충분히 시도해볼 가치가 있지 않을까?

70kg 여자가 인생이라는 수영장에 들어가기까지는 꽤나 용기가 필요했다. 그 용기를 여러분에게도 나눠주고 싶다. 그게 우리가 앞으로 인생이라는 수영장을 멋지게 헤엄쳐나가기 위한 빛나는 시작이 될 테니까.

첫 번째
물결

세상의 기준보다
커다란 나를
받아들이는 법

자존감이
곤두박질쳤던 이유

나는 태어날 때부터 뚱뚱했다. 4.3kg의 우량아로 태어나서 어릴 때까지 쭉 덩치가 큰 편이었다. 엄마가 나를 임신했을 때 누군가 엄청 커다랗고 빛나는 배를 따서 엄마 손에 쥐여주는 태몽을 꿔서 '크고 빛나는 사람'이 될 것 같다고 생각했다는데, 그게 진짜 커다란 우량아가 태어난다는 뜻이었을까?

게다가 어릴 때부터 먹는 걸 너무 좋아했다. 나만큼 잘 먹는 오빠와 경쟁적으로 먹다 보니 식탐도 강했다. 엄마 말로는 제티를 한 통 사놓으면 그날 1.5L짜리 우유와 함께 다 사라졌다고 한다. 고기를 쌈 싸서 먹으면 한 번에 두 점은 기본이고, 남매 중의 한 명이 세 점을 얹기라도 하면 그때부터는 전쟁이었다. 그나마 치킨은 1인 1닭으로 칼같이 배분하여 평화롭게 먹었다. 나는 기억이 안 나는데, 엄마가 싱크대에 딸기 맛 감기 시럽을 올려두고 잠시 외출하고 왔더니 내가 의자를 밟고 올라가서 그 한 통을 가져다가 다 먹었던 적도 있다고 한다. 심지어 고작 4살이었다…….

덕분에 내가 초등학생 때 4인 가족의 식비가 한 달에 300만 원은 기본이고 많을 땐 500만 원까지 나왔을 정도였다니 내가 생각해도 대단한 식탐이었다. 그때 집안 풍경을 생각해보면 엄마는 늘 쉴 새 없이 요리하고 계셨다. 지금 생각해보면 죄송하게도 부모님의 등골이 꽤 휘었을 것 같다. 덕분에 태어난 체형 그대로 살이 빠

질 틈이 없는 유년 시절이었지만 그땐 워낙 잘 먹는 가
정 분위기가 당연하다 보니 별다른 문제를 느끼지는
못했다. 미쉐린 타이어 같은 몸으로 주변에서 장군감
이라는 이야기를 많이 들었지만, 오히려 당당하게 앞
에 나서서 오빠의 보디가드 역할까지 하며 놀았다.

처음으로 내가 다른 아이들과 다르다는 걸 느낀 건 유
치원에서 또래 친구들과 일종의 첫 사회생활을 시작하
면서부터였다. 생각해보면 나이가 어려도 사회생활이
라는 게 만만치 않은 건 똑같은 것 같다. 아니, 제대로
사회화가 되지 않은 어린 시절에는 오히려 더 독하고
힘들다. 다들 필터링도 없이 생각나는 걸 그대로 뱉어
내기 때문이다.

유치원에서 급식을 먹을 때면 꼭 옆에 있는 친구가 한
마디씩 던졌다. "너는 왜 이렇게 많이 먹어?" 지금 같으
면 '먹방 하면 딱이겠다!'라고 창창한 진로라도 응원해

줄 수 있을 법한데 그때는 잘 먹는다는 게 그저 노골적인 놀림거리였다. 내 몸이 말랐다면 반응이 달랐을까? 아무튼 나는 그 어린 나이에 남들보다 많이 먹는 건 부끄러운 일이고, 주변의 눈치를 봐야 하는 일이라는 것을 처음 깨닫게 됐다. 그 무렵에 쓴 그림일기가 지금도 집에 남아 있는데, 이런 내용이 있다.

세상에서 제일 싫은 것은 나를 돼지라고 놀리는 아이

어린 시절에 돼지, 코끼리, 맘모스 등 온갖 동물에 비교당한 경험이 있는 사람이라면 장난삼아 던진 돌에 개구리가 맞아 죽지는 않더라도 얼마나 위축될 수 있는지 알 것이다. 동물을 포함하여 모든 아기가 귀여운 것은 생존을 위해서라는데, 어릴 때 벌써 내가 귀엽지 않다는 것을 알아버린다는 건 내 존재가 위협당하는 엄청난 사건이었다.

초등학교 때는 1학년 중간에 전학을 가게 되었는데, 그 때 새로운 친구들을 만나서 처음 들은 말이 "넌 왜 이 렇게 커?"였다. 그나마 동물에 빗대 놀림을 받는 건 귀여운 수준이었다는 걸 깨달았다. 그때쯤 되니 워딩이 더 세졌다. 뚱뚱하다, 조폭 마누라다 등등 참신하지는 않지만 여과 없이 투박한 놀림이 거침없이 날아와 꽂혔다.

그때쯤 나는 키도 또래보다 큰 편이라서 거의 모든 아이가 내 시야 아래쪽에 있었던 기억이 난다. 그 조그만 아이들이 나를 거침없이 놀려댔고, 나는 그 와중에 살짝 쿨한 척을 했다. 흥, 어쩌라고. 그러다가 마지막은 결국 주먹다짐이었다. 내가 덩치가 커서 좀 유리하긴 했지만 싸움에서 이긴다고 무너진 자존감이 회복되지는 않았다.

엄마가 패션 센스가 좋은 편이라 그 당시에 나를 예쁘

게 꾸며주는 것을 좋아했다. 초등학교 1학년짜리 딸내미한테 예쁜 옷도 입히고 머리도 땋아주면 부모님 눈에 얼마나 귀여웠을까. 엄마 영향인지 나도 어릴 때부터 귀엽고 아기자기한 걸 좋아했다. 분홍색 레이스 원피스를 입고, 방에는 치렁치렁한 분홍색 캐노피를 달고, 그랜드 피아노, 바비 인형…… 그런 것들로 둘러싸인 예쁜 나만의 궁전에서는 나도 분명 공주님이었다.

그런데 공주는 작고 귀여워야 하는데 나는 덩치가 너무 커서 안 어울린다는 말을 또래 아이들에게 대놓고 들으니 부끄러웠다. 어느 날부터는 예쁘다고 좋아했던 공주 원피스를 입지 않겠다고 선언했다. 엄마가 꾸며주는 것도 거부하기 시작했다. "이렇게 입으면 애들이 놀린단 말이야!"가 이유였다. 그러다 보니 어느 순간부터는 나부터 스스로 치마가 안 어울린다고 생각하게 됐고, 그때부터는 추리닝을 자주 입었다.

내가 자존감이 떨어지며 힘들어하자 초등학교 3학년 때쯤 엄마가 운동 삼아 수영을 배워보는 것이 어떻겠냐고 물었다. 박태환 선수가 한창 수영 붐을 일으키던 시기였다. 그렇게 수영을 시작한 내가 과연 살을 뺐을까? 아마 결말은 말 안 해도 다들 잘 아실 것이다. 수영하면 배가 고파서 더 먹는다는 걸. 수영하고 나와서 먹는 떡볶이가 그렇게 맛있었다. 어쩌겠는가, 이제 나는 돼지가 아니라 소위 말하는 건강한 돼지로 거듭나고 있었다. 몸과 외모에 대한 콤플렉스는 그만큼 어린 시절부터 나를 옥죄기 시작했다.

'개말라'가 되고 싶다면
먼저 깨달아야 할 것

어릴 때부터 덩치가 큰 편인데다 주변의 평가 때문에 외모에 주눅이 들다 보니 고등학교 때까지 내가 크고 못생겼다는 사실을 당연하게 받아들였다. 나중에 후배들을 다시 만나 들어보니 당시에 나를 예쁘다고 하는 아이들도 많았다고 하는데, 그때는 그런 말은 들리지도 않았다.

중학생 때부터는 페이스북에 내 사진을 찍어 올리기도

했는데, 한껏 화장하고 꾸민 사진 속의 모습은 예뻐 보였을지 몰라도, 여전히 나라는 사람 자체는 예쁘지도 않고 아무도 사랑해주지 않는다고 생각했던 것 같다.

교복을 입어도 100사이즈의 큰 핏이 티가 나는 게 싫어 항상 몸을 굽혀서 다녔다. 심지어 복도를 걸어 다닐 때도 조금이라도 작아 보이고 싶어서 무릎을 슬쩍 굽히고 걷고, 건강검진을 해도 키가 작아 보이려고 최대한 몸을 웅크렸다. 체육 시간에도 너무 활발하게 움직이면 더 커 보일까 봐 신경이 쓰였다.

심지어 유치원 때도 주변 아이들보다 눈높이가 높은 게 싫어서 자주 앉아 있으려고 했던 기억이 난다. 주변에서 항상 크다는 말을 듣다 보니 내가 이상한 것 같았다. 나보다 작은 남자애들은 나에게 키 좀 줄여야 한다고 한마디 하기 일쑤고, 여자애가 너무 크면 인기가 없다는 말도 수없이 들었다.

지금 와서 생각하면 자세를 꼿꼿하게 하고 다니면 남들이 너무 크다고 생각할까 봐 몸을 굽히고 다녔던 스스로가 안쓰럽다. 그때의 습관 때문에 지금까지도 거북목과 라운드 숄더가 심하다는 사실이 지금껏 내게 남은 흔적이자 고민이기도 하다. 주변의 시선 때문에 자존감이 낮아지기도 했지만, 내가 스스로 자신이 없었던 더 큰 이유는 나 스스로 예쁘다는 기준을 무조건 '말라야 한다'에 두고 있었기 때문이었다.

무조건 마르고 작은 몸이 예쁘다고 생각했기 때문에 나는 아무리 살을 빼도 세상에서 말하는 미의 기준을 결코 맞출 수 없고, 결국은 사랑받을 수도 없을 것이라고 여겼다. 외모에 대한 스트레스 때문에 키를 줄이는 수술을 검색해봤을 정도였다. 당연히 다이어트 시도도 여러 번 했다. 하지만 다이어트 식단도 많이 먹으면 당연히 살이 찐다.

오죽하면 정신과에서 식욕 억제제를 처방받아 먹어본 적도 있다. 하지만 당시에 내가 살이 쪘던 결정적인 이유는 식욕보다 정신적인 공허함을 채우기 위해서 그저 먹는 행위를 지속하는 폭식증 때문이었다. 그러니 사실상 식욕 억제제도 소용이 없었다. 오히려 잠이 안 오고 우울감에 휩싸이는 부작용만 심해졌다.

마른 몸의 기준은 뭘까. '마름'의 기준은 점점 더 가혹해지고 있는 것 같다. SNS에서는 누가 봐도 마른 몸인데 살쪘다는 댓글이 달리고, '개말라', '뼈말라' 같은 신조어가 유행하며 그런 깡마른 몸을 동경하는 사람들도 많아졌다. 지금 내 SNS를 보는 분 중에도 비슷한 고민을 하는 분들이 많다. '친구들이 저한테 다 '개말라'라고 할 만큼 말랐는데 저는 만족스럽지 않고 어떻게 해야 할지 모르겠어요. 먹고 토하는 '먹토'를 하는데 멈출 수가 없어요' 하는 DM이 오기도 한다. 아마 미디어의 영향이나 외모에 대한 주변의 은은한 평가도 이런 강박에 영향을 미친다고 생각한다. 뚱뚱하다는 말도, 말랐다는 말도 때로는 상대방에게 비수로 꽂힐 수 있다는 걸 나는 오랫동안 경험해서 잘 안다.

그런데 정말 모든 사람이 다 깡마른 몸을 가져야 아름다울 수 있는 걸까? 흔히 말하는 '개말라', '뼈말라' 인간은 사실상 심각한 저체중이다. 건강을 위협할 만큼 극단적으로 마른 몸을 추구하는 사람들이 많아지고 있다는 것이다. 나는 도달할 수도 없을뿐더러 건강하지도 않은 목표를 갈구할 것이 아니라 이제 생각을 바꾸어야 한다는 걸 깨달았다.

성인이 된 후에 내가 오랫동안 이어온 폭식증이나 먹토 습관을 거의 멈출 수 있던 건 그냥 나 자신을 그대로 인정하면서부터였다. 나는 결코 세상에서 말랐다고 인정하는 기준만큼 마른 몸을 가질 수 없다. 그런데 애초에 무리해서까지 말라야만 하고, 꼭 예뻐져야만 할까?

지금의 나는 더 이상 가질 수 없는 것을 좇기보다 그건 그냥 내버려 두고, 연예인처럼 마르고 예쁜 몸을 보여 주려고 할 것이 아니라 나만의 다른 매력을 드러내는 것이 더 중요하다는 걸 알게 됐다. 다이어트를 하는 이유도 결국 나 자신을 위해서다. 크리에이터로서 나를 어필하고 싶고, 당당하고 행복한 나 자신을 추구하기 위해서 말이다. 그렇다면 제일 중요한 건 나를 해치지 않고 건강한 방향으로 나아가는 일이다. 건강이 망가지면 앞으로 내가 무엇을 도전해나가든 그 의미도 없어진다는 걸 깨닫고 나니 폭식증과 먹토를 멈추는 것이 가장 우선이었다.

요즘에는 마른 몸에 대한 강박으로 나처럼 폭식증과 같은 식이장애를 겪는 사람들이 적지 않다고 알고 있다. 몸에 대한 집착으로 식이장애가 생겨날 수 있지만, 그 증상이 결국 자기 몸만 더 해치는 결과를 낳는다는 사실을 반드시 기억했으면 한다. 물론 내 몸이 엉망진

창이 되더라도, 어쩌면 20대만 살고 말더라도 좋으니까 당장 마른 몸으로 살고 싶다는 사람들도 있을 것이다. 나도 한편으로는 그 마음을 이해한다. 나 역시 20대만 살아도 좋으니까 마른 몸으로 '평범하게' 살고 싶다는 생각을 수없이 해봤기 때문이다.

하지만 그렇게 마른 몸을 얻는다고 해서 자신에게 돌아오는 진짜 보상은 무엇일까. 다이어트의 궁극적인 목적은 물론 자기만족이라고 하지만, 건강을 해치면서 마른 몸이 된다고 한들 정상적인 생활을 하지 못할 만큼 체력이 떨어지고 질병이 생기면 과연 만족스러울까. 사람들에게 마른 몸을 보여주고 싶어서 다이어트를 했는데 사람들을 만나면서 제대로 된 사회생활을 하지 못할 수도 있는 것이다.

한번 식이장애를 얻으면 고치는 건 정말 어렵다. 내게도 10년이 넘은 습관이라서 완전히 고쳐지지 않아 여전히 노력하고 있다. 모든 사람이 일관적인 체형을 갖는다는 것은 애초에 불가능한 일인데, 바뀌지 않는 일에 연연하면 자기도 모르는 사이에 자신을 망가뜨리게 된다.

100세 시대에 남은 삶이 많은데, 우리도 이제 마냥 예뻐지는 게 아니라 진정으로 행복해져야 하지 않을까. 그 결심을 하기까지 나에게도 많은 시행착오가 있었다. 한편으로는 부끄러운 고백을 솔직하게 털어놓는 것은 적어도 나를 알고 고민을 나눠주시는 분들이 자기 자신을 고통스럽게 만드는 생각에서 하루빨리 벗어날 수 있도록 힘을 얻고 응원하고 싶어서다.

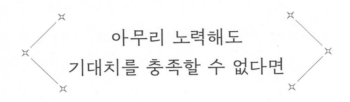

아무리 노력해도
기대치를 충족할 수 없다면

흔히 '대학 가면 살은 저절로 빠진다'고 하는데 실제로 나는 그랬다. 아마 청소년 시기에 폭식으로 급하게 찐 살이라서 그랬을 것이다. 고등학교를 졸업하고 대학교 입학을 앞두고 있던 사이에 거의 10kg이 빠졌다. 학창 시절 내내 수영 선수 생활을 하다가 입시를 앞두고 결국 수영을 그만둔 영향이 컸던 것 같다. 물론 진로에 대한 걱정도 있었지만, 그보다 해방감이 더 컸는지 마음이 편해지고 과잉 식욕이 거의 사라졌다.

입학할 때는 새로운 환경에 대한 기대감에 한창 부풀어 있었다. 학교와 수영장에 홀로 갇혀 지내는 것처럼 느껴졌던 중고등학교 시절이 끝났으니 앞으로는 더 자유롭고 새로운 환경이 펼쳐질 거라고 기대했다. 대학 가면 모든 게 바뀌고 비로소 행복해진다고 믿는 여느 대학생 새내기들과 마찬가지로 말이다.

하지만 현실은 호락호락하지 않았다. 중학생 때 시작한 페이스북이 꽤 유명세를 얻으면서 나에게는 항상 소문이 따라다녔는데, 대학에서도 그 화살을 비껴갈 수 없었다. 입학했을 때부터 나는 어느새 대학 커뮤니티 '에브리타임'의 단골 소재가 되었다. '페북 스타라던데? 19학번 중에서 제일 예쁜 애래!'로 시작해서 '실제로 보니까 별로던데? 못생겼던데?'로 이어지는 패턴은 고등학교 때까지 겪어왔던 그대로였다.

'걔 예쁘대'라는 수식어는 언뜻 칭찬처럼 들릴 수도 있겠지만 그 뒤에는 날카로운 칼날이 숨어 있다. 누군가에게는 예뻐 보일 수도 있지만 누군가에게는 아닐 수도 있는 주관적인 감상일 뿐인데, 그 말로 소문과 기대감만 속수무책으로 부풀어간다. 그 무성한 소문 속에서 사람들은 자신이 진위를 평가해도 된다는 정당성을 부여받는다고 생각하는 듯하다. 온라인이든 오프라인이든 가릴 것 없이 부탁한 적 없는 평가들이 하나둘 나를 둘러싸고 쏟아져 내렸다.

입학하고 얼마 되지 않았을 때는 내가 교내에서 지갑을 잃어버린 적이 있는데, 다음 날 자고 일어나니까 갑자기 주변에서 연락이 쏟아졌다.

　　은솔아! 네 지갑 찾았어!

내 지갑에 왜 다들 관심이 많지? 지갑을 찾았다니 다행이면서도 좀 어안이 벙벙했는데 알고 보니까 내 지갑을 주운 사람이 에브리타임에 '지갑 찾아가세요' 하고 글을 올린 것이었다. 신분증 때문에 내 지갑이라는 걸 안 사람들 때문에 그 글이 조회수가 높은 게시판인 '핫게'에 올라가 있었다. 댓글은 가관이었다. '그 관종?', '엄청 못생긴 애?' 다소 순화한 단어라는 사실을 밝혀둔다. 여러분의 머릿속에 떠오르는 그 단어가 맞을 것이다.

사실 그때는 키 173cm에 60kg대 초반으로 고등학생 때보다 살도 많이 빠졌고 화장도 마음껏 할 수 있으니까 이미 할 수 있는 최대치로 노력해 도달한 예쁜 상태라고 생각했다. 하지만 아무리 그래도 뼈대 자체가 커서 사람들의 기대치에 맞는 전형적인 미인이 될 수는 없었다. 미의 기준이 사람마다 다르다는 사실을 머리로는 알고 있었지만, 예쁘다는 말보다는 못생겼다는 말이 열 배쯤 큰 목소리처럼 들리는 것은 어쩔 수 없었다. 속상한 마음에 엄마에게 투덜거리기도 했다.

엄마, 나 왜 이렇게 뼈대도 굵고 큰 몸집으로 낳아줬어?
키도 163cm쯤 됐으면 예뻤을 텐데.

나름대로 면역이 생긴 터라 남들의 말을 의연하게 듣
고 넘기려고 노력했지만, 유명세와 함께 겪어왔던 사
람에 대한 불신은 나도 모르게 쌓여갔다. 게다가 누구
의 잘못 때문이 아니더라도 스무 살의 인간관계란 실
수와 실패를 겪으며 위태롭게 이어지고 또 끊어지기도
한다. 어른인 척하지만 아직은 미성숙한 시기이고, 심
지어 기숙사에서 생활하다 보니 연일 에피소드가 끊이
지 않았다. 오래된 친한 친구랑도 여행을 가서 몇 박 며
칠을 함께 있다 보면 싸운다는데, 만난 지도 얼마 안 된
서로 다른 아이들이 기숙사라는 한 공간에 모여 살면
서 동화처럼 예쁘고 행복할 수만은 없을 것이다.

기숙사 생활을 하다가 친구와 사소한 다툼이 생긴 적
이 있는데, 어찌어찌 화해하긴 했지만 결국 그때 친하

던 무리와는 멀어지면서 관계가 틀어지게 되었다. 나로서는 일방적인 오해가 있는 것 같아서 '내가 이런 건 잘못했지만, 이건 내가 한 게 아니다' 해명했지만 아무도 믿어주지 않았다. 그 과정을 지켜본 한 선배는 나에게 이런 말을 했다.

은솔아, 너 사람 보는 눈 좀 길러. 네가 친구라고 생각하는 애들이 너 없을 때 얼마나 네 욕을 하는 줄 알아? 나도 네 편 못 든다. 근데 좋은 친구 좀 사귀어.

아픈 문장들이었지만 나를 떠나기 전에 나름대로 마지막 조언을 해준 셈이니 고마웠다. 그렇게 내가 기대했던 대학 생활은 사람에 대한 불신만 커지면서 위태롭게 시작되었고, 사람을 만나기 싫어서 동아리도 들지 않고 자취를 시작하며 갑자기 시간만 많아졌다. 이게 내가 꿈꿨던 스무 살인가?

나는 이처럼 불안하고 허전한 시간을 채우는 방법을 오로지 먹는 것밖에는 알지 못했다. 수영 선수 시절에 원래 가지고 있던 폭식증이 다시 폭발하듯 찾아오면서 2학기가 종강할 때는 78kg까지 다시 살이 쪘다. 태어나서 처음 보는 숫자였고, 처음 보는 몸이었다. 우울증까지 남아 있어서 꿈 같은 것도 꿀 겨를이 없었다. 나는 여전히 제자리에서 허우적거리는 중이었다.

고양이는 귀여워하면서
왜 나는 채찍질하는가?

내가 자신에 대한 자괴감에서 벗어나, 건강과 행복을 챙겨야겠다고 결심하기까지의 과정은 사실 길었다. 꽤 심한 우울증을 겪으면서는 그야말로 완전히 바닥을 치고 올라왔던 것 같다. 한창 우울증이 심하던 시기에는 친구와 만나서 잘 놀다가도 불쑥불쑥 무기력하고 허무한 마음이 튀어나왔다. 순간의 소소한 기쁨이나 즐거움도 도저히 내 영혼을 충전시켜주지 못했다. 한번은 자주 보던 친구와 만났다가 집으로 가는 지하철을 탔

는데, 흔들리는 지하철의 진동을 느끼다가 나는 무심
코 혼잣말로 중얼거렸다.

이대로 죽어도 상관없을 것 같아.

그때는 내 얼굴도, 몸도 싫었다. 자기혐오가 심각했다.
전신 성형을 할 수 없는 이상 내 인생에는 미래가 없는
것처럼 느껴졌다. 그런데 내 혼잣말을 듣고 친구가 왈
칵 눈물을 쏟아냈다. 살고 싶지 않은 내 마음을 속상해
하고 울어주는 친구가 있다는 사실에 번뜩 정신이 들
면서 마음이 너무 아팠다. 내가 이러면 안 되겠구나. 나
를 자꾸 끌어내리는 수렁에서 나도 벗어나고 싶었다.

우울증이 심해지면서 한편으로는 심리 상담이라도 받
아보고 싶다는 마음이 생겼다. 상담 비용 때문에 고민
을 했는데, 나처럼 우울증을 겪었던 친구가 대학교에
서 무료로 심리센터를 이용할 수 있다는 사실을 알려

주었다. 반신반의하는 마음으로, 그래도 뭐라도 해보자는 마음으로 무기력한 와중에 힘껏 나를 건져내어 심리센터를 찾았다.

일단 현재 상태를 진단하기 위한 검사를 받았는데 내가 생각했던 것보다 더 심각한 우울증 진단이 나왔다. '자살하지 않겠다'라는 각서를 써야 심리 상담을 진행할 수 있다고 했다. 부모님에게 알리고 싶지 않았는데 센터에서 필요하다고 해서 어쩔 수 없이 부모님에게도 알리고 심리 치료를 시작하게 되었다. 부모님도 충격을 받으셨지만, 나로서도 다소 충격적이었다.

자살하지 않겠습니다.

각서를 썼다. 이 문장이 무슨 의미가 있을까? 솔직히 그때는 그런 마음이었다. 내 목숨인데 왜 각서까지 써야 하나, 어차피 내가 죽으면 각서가 무슨 의미인가?

그러면서도 펜을 움직여 각서를 써내려가는 마음이 뒤
숭숭했다. 그때 이 문장이 종이가 아니라 내 마음 한구
석에도 같이 적힌 것 같다. 그 후로 종종 내가 썼던 각
서가 떠올랐다.

본격적으로 심리 치료를 받으면서 내가 가지고 있는
문제와 어려움을 하나씩 들여다보기 시작했다. 제일
큰 문제는 내가 스트레스를 풀 만한 다른 방법을 가지
고 있지 않아서 폭식만 되풀이하는데, 그 폭식이 다시
나의 스트레스가 된다는 사실이었다. 아마 폭식증을
겪는 많은 분이 이와 비슷한 상황을 겪는다고 생각한
다. 한편으로는 수영을 그만두고 대학에 오면서 막막
해진 미래에 대한 불안감도 컸다. 뭐라도 해야 할 것 같
고, 쉬면 안 될 것 같아서 항상 초조하고 불안했다.

수영을 그만두면서 이미 수영 선수로서의 실패를 한
번 겪었다는 생각에 더 조급했던 것 같다. 선수 생활을

하면서 부모님의 지지와 지원을 받았는데 결과를 내지 못했기 때문에 성인이 되면 어떻게든 갚아야 한다고 생각했다. 꼭 성공해야 한다는 욕심이 있었지만 내가 아는 방법은 딱 하나뿐이었다. 아침에 눈 뜨자마자 훈련처럼 하루 종일 일하는 것이다. 수영뿐 아니라 많은 종목의 운동선수들이 합숙도 많이 하고 개별적으로 취미생활을 할 만한 여유가 없다. 나도 그런 생활을 오래 해왔기 때문에 그냥 일에만 온종일 매달리는 게 맞다고 생각했다.

이제 본격적으로 크리에이터로서 성공을 꿈꾸고 있었기 때문에 수영 대신 하루 종일 콘텐츠에 대한 생각만 했고, 그러다 보니 일상 자체가 일이었다. 재택근무를 하더라도 일과 휴식의 구분을 위해 공간이나 시간을 분리하는 게 효율적이라고 하는데, 나는 일에만 매몰되어 있으니 오히려 일의 효율이 떨어지고 더 이상 나아갈 수가 없었다. 일이 잘 풀리지 않으니 우울증은 더 심해졌다. 마음이 힘들어서 아이디어가 생각나지 않으면 또 자기혐오에 빠져들었다. 그야말로 스스로 만든 악순환 그 자체였다.

게다가 선수 시절에 기록 단축에 목숨을 걸었던 것처럼 SNS를 하면서도 숫자에 집착했다. 다른 크리에이터들은 때로는 조회수가 안 나올 때도 있다고 여유롭게 생각하기도 한다는데, 나는 수치가 오르지 않으면 그때마다 굉장한 스트레스를 받았다. 성공해야 한다는 압박감 속에서 아직 제대로 이루어낸 것은 없고, 그렇다고 딱히 즐길 만한 취미도 없으면서 놀 줄도 모르는 게 나였다. 결국 심리 치료를 진행하며 지금까지 느껴온 불안감을 이야기했다.

선생님, 저는 이 시간도 너무 아까워요. 이러고 있을 시간이 없는데…….

은솔 씨, 이건 은솔 씨를 위해서 시간을 들이는 거예요.

다행히 상담을 진행하면서 조금씩 쉬는 방법을 배웠다. 눈 뜨고 일어나자마자 뭐라도 생산적인 일을 해야만 내가 바라는 모습으로 성공할 수 있다고 생각했는데, 만화책 보면서 뒹굴거리는 사소한 행동들조차도 그저 부질없는 게 아니라 나에게 도움이 되는 시간이라는 걸 알게 됐다.

쉬는 것도 일의 연장선이고 내가 성장하기 위한 발판이라고 생각하니까 휴식을 취하는 시간에 대한 불안감이 사라지면서 자연스럽게 취미를 찾게 되었다. 알고 보면 취미도 자신에 대한 투자일 수 있다. 그렇다고 특별히 대단하고 거창한 것이 아니라 그냥 애니도 많이 보고, 게임도 했다. 그저 내가 흥미를 느끼는 걸 찾아나가는 과정도 소중하게 여기기로 한 것이다.

때로는 나의 나태함까지도 인정해줄 필요가 있었다. 하루 종일 누워서 햇볕이나 쬐고 있는 고양이는 귀여워하면서, 왜 누워서 멍하게 뒹굴거리는 자기 자신은 채찍질해야 하는가? 그렇게 생각을 바꾸면서 마음의 여유도 조금 찾게 되고, 심리 치료와 약물을 병행하면서 우울증도 많이 좋아졌다.

그 이후에는 사회에 나와서도 놀 때는 놀고, 일할 때는 일하자는 마음으로 어느 정도 휴식과 일을 분리하려고 했다. 쉴 때는 아예 휴대폰도 내려놓고 일에 대해서는 아무것도 생각하지 않으면서 나 자신에게 집중했다. 휴대폰으로 항상 세상과 연결되어 있다는 건 좋은 점도 있지만 때로는 타인의 개입 없이 자신을 들여다보는 시간도 필요하다는 걸 알게 됐다. 그러면서 어느덧 기존에 가지고 있던 불안감도 많이 줄어들 수 있었다.

어쨌거나 정신을 차리려고 노력했다. 나를 걱정해주는

사람들을 생각해서라도 나 자신의 몸과 마음의 건강을
챙기려고 했다. 특히 내가 지나온 수많은 우울한 새벽
들에 나와 함께 걸어준 친구들의 도움도 컸다. 오목교
역에서 여의도 한강나루까지 내가 자주 걷는 산책로가
있었다. 친구들이 나를 불러서 집 밖으로 꺼내주면 새
벽 2, 3시까지 그 길을 자주 걸었는데, 시답지 않은 이
야기를 하면서 걷다가 갑자기 춤추면서 틱톡 챌린지를
찍기도 했다. 그렇게 사소하게 웃었던 시간은 차곡차
곡 쌓여서 나를 구해주었다.

나에게는 잠시 멈추는 시간, 쉼표 같은 시간이 필요했
던 것 같다. 상담을 끝낸 후 나는 대학을 휴학하고 재정
비하는 시간을 갖기로 했다. 결코 멈춰서는 안 된다고
생각하면서 살아왔던 내가 잠깐 경로를 이탈하기로 한
것이다. 그리고 결과적으로 이 시간이 나에게는 정신
적으로나 크리에이터로서 성장할 수 있는 하나의 커다
란 전환점이 되었다.

아이스크림을 한 개만
먹는 것도 작은 성취다!

한 사람을 구성하는 요소는 수없이 많을 것이다. 나는 그중에서 외모에 대한 강박과 스트레스로 10년 이상 나 자신을 힘들게 하면서 보내왔다. 지금껏 경험한 폭식이라는 유일한 해소법 외에 내가 스트레스를 풀고 나를 균형 있게 구성할 수 있는 다른 요소는 뭐가 있을까? 나는 그전까지 취미는 고사하고 제대로 놀 줄도 몰랐다. 더구나 학생 때는 주어진 일과 속에서 내가 자유롭게 할 수 있는 일이 많지 않았지만, 이제는 성인이자 프리랜서로 내가 시간을 어떻게 보낼지 선택할 수 있는 상황이니만큼 스스로의 삶에 책임을 져야 한다는 생각이 들곤 한다.

휴학하고 나 자신을 재정비하기로 하며 SNS를 시작하는 과정에서, 1년 동안은 미디어 시장에 전념해야겠다고 결심했다. 그리고 1인 미디어로 성장하기 위해 나름대로 다양한 노력도 했다. 내 콘텐츠에 어떤 문제점이 있는지, 다른 사람들은 어떻게 콘텐츠를 발전시키는지 분석하면서 마케팅 공부와 대외 활동도 많이 했다. 그 와중에 한 대외 활동에서 장려상을 받기도 하면서 나에게도 이 분야에 대한 재능이 있다는 용기를 얻을 수 있었다. 다양한 활동에 참여하는 가운데 사람들을 만나서 내가 생각하지 못했던 새로운 이야기를 듣는 것도 즐거웠다. 그러면서 나는 바닥까지 떨어진 자존감과 함께, 나에 대한 믿음과 확신을 조금씩 회복해갔다.

꿈은 클수록 좋다고 하지만 나는 오히려 큰 꿈에 짓눌리면 나아가지 못하고 숨을 헐떡거리게 되는 타입이다. 사람마다 다르겠지만 나는 오히려 눈앞의 단기적인 목표를 하나씩 따라가다 보면 언젠가 큰 꿈에도 닿을 수 있게 된다고 생각한다. 웹툰을 한 페이지에서 100화까지 이어보면 지칠 수 있지만 1화, 2화를 하나씩 넘겨가면서 보면 언젠가 100화를 보게 된다. 인간도 마찬가지 아닐까? 중간 단계 없이 큰 꿈을 향해 쉴 새 없이 달리게 되면 중간에 멈추기가 어렵고, 어디에서 숨을 골라야 할지 모르는 채로 더 빨리 나아가야 할 것 같아서 초조해진다. 크고 비싼 배를 장만했는데 중간에 노가 부러지면 어떻게 되겠는가? 아무리 좋은 배가 있어도 효율이 나지 않으면 망망대해 한가운데에 멈춰서게 될 수밖에 없다.

나는 단기적인 목표를 한 단계씩 이루면서 차근히 나아가는 것이 무엇보다 자기 자신을 다독이고 사랑하면서 성장할 수 있는 하나의 방법이라고 생각한다. 큰 목표만 바라보고 달릴 때는 거기에 닿지 못한 매 순간의 시도가 다 무모한 도전이며 실패처럼 느껴질 수 있다. 하지만 작은 목표를 이루었을 때는 매 순간이 성취가 되고, 그게 쌓여서 자존감을 높여준다.

원래 나는 책 한 권도 다 읽지 못하는 사람이었다. 그래서 어릴 때부터 책 한 권을 다 읽는 게 일종의 버킷 리스트처럼 마음속에 있었는데, 마침 친구가 소설책 한 권을 선물해줬다. 내 집중력을 시험한다는 느낌으로 마음을 먹고 조금씩 읽어나갔고, 어느 날에는 마지막 장을 덮었다. 책 한 권을 다 읽었네! 제법 지적이야. 남들이 들으면 우습겠지만 나는 마음껏 격양된 채로 나를 칭찬해줬다.

폭식증을 뿌리 뽑겠다는 큰 목표를 당장 이룰 수는 없었지만, 너무 스트레스를 받은 날 아이스크림을 두 개씩 먹지 않고 한 개만 먹는 데 성공한 것도 작은 성취였다. 숏폼 영상을 만들어 올리면서 어떤 킬링 포인트를 포함해봤는데 실제로 조회수가 100만이 넘게 나오면 정말 잘했다고 내 작은 아이디어를 칭찬해줬다. 그렇게 자신을 칭찬해주면서 장기적인 목표를 향해 한 걸음, 아니 반걸음씩 나아가는 것이다. 그게 의외로 나에게는 포기하지 않고 발전해가는 데 있어서 정말 효과적인 방법이었다.

사람이니까 가끔 실패하는 날도 있다. 5kg 감량을 목표로 술을 안 먹겠다고 결심했지만, 술자리가 있어서 술을 마시고 왔어도 '어쩔 수 없지!' 하고 가볍게 생각했다. 더 나아가 '생각보다 조금밖에 안 마셨네?' 하면서 자기 합리화를 하면서 또 칭찬해주기도 했다. '너 이것밖에 안 되는 사람이야?' 같은 채찍질보다 '인간미 있고 귀엽네! 대신 내일 부기 빼는 운동 해주자' 하고 상쇄하는 방법도 있다. 어차피 나를 탓하고 채찍질할 사람들은 세상에 많다. 나마저 내 편이 안 되어주면 세상 사는 게 너무 각박하지 않을까.

남의 눈에 맞추는 것이 아니라 사람마다 각기 속도와 방향이 다르다는 것을 인정하고, 하찮은 내 의지만으로도 당장에 이룰 수 있는 소소한 목표부터 설정해보는 것도 좋은 방법이다. 그러다 보면 조금씩 자신의 선택을 믿고 내 삶에 당당해질 수 있게 된다. 그래서 나는 너무 자책하지 않기로 했다. 그냥 나는 이런 사람이구나, 하고 지켜보면서 응원해주었다. 그렇게 나는 여전히 나와 조금씩 화해하는 중이다.

구체적인 칭찬에
귀 기울이면 생기는 일

내가 나를 사랑하게 되기까지 주변 사람들의 도움이 없었다면 훨씬 더 길고 오랜 시간이 걸렸을 것이다. 대학에 가기 전까지의 학창 시절에는 전학을 자주 다닌 데다가 수영 선수를 하다 보니 학교에서 친구를 사귀기는 어려웠다. 훈련 때문에 교실에 없는 시간이 더 많았고, 내가 생각해도 교실로 매일 출석하지도 않는 아이를 살갑게 챙겨줄 수는 없을 테니 어쩔 수 없는 일이라고 생각했다.

하지만 친한 친구가 없는 정도가 아니라 어느 순간부터 나는 학교에서 공식적인 왕따가 되어 있었다. 괴롭힘을 당하고 고립된 일상을 겪고 나니 사람을 대할 때 일종의 트라우마처럼 겁이 나는 마음이 남은 건 당연한 결과였을지도 모르겠다.

하지만 분명 인간관계에서 나쁜 일만 있었던 것은 아니다. 왕따를 당하는 와중에도 내 손을 잡아주는 좋은 친구들은 있었고, 몇 번인가 그런 일을 겪다 보니 한편으로는 이게 내 운명인가 싶기도 했다. 어떤 환경에서든 일단 다수에게 배척당하다가 그 와중에 귀인을 얻는 게 아닐까? 그게 내가 소중한 사람들을 만나게 되는 일련의 수순인지도 모르겠다.

특히 중3 때 내가 전학 가서 왕따를 당하는 와중에 다른 아이들의 시선도 신경 쓰지 않고 나를 챙겨줬던 친구가 지금은 〈스트릿 우먼 파이터〉로 더 유명해진 댄서

'옐', 예리다. 청소년 시절을 겪어봤다면 왕따인 아이와 어울리는 게 얼마나 어려운 일인지는 누구나 공감할 것이다. 그런데 예리는 그때 내가 밝고 기운이 좋아서 '뭘 해도 되겠구나' 싶었다고 했다. 예리는 내가 사랑이 많은 친구였다고 말하지만, 나를 믿어주는 친구가 있다는 사실이야말로 그 당시 피폐하던 나의 내면에 유일한 생명줄 같은 것이었다.

아이러니하게도 내가 가장 나를 사랑하지 못했던 대학교 1학년 2학기쯤에도 또 정말 좋은 친구들을 만나게 됐다. 그 친구들이 점점 바닥으로 가라앉는 내 손을 단단하게 붙잡고 우울증의 굴레에서 꺼내준 덕분에, 엉망으로 헝클어져 있던 내 마음도 조금씩 치유되어갔다. 그 친구들은 항상 내게 예쁘다고 칭찬해줬다. 친구들은 그저 외모를 향해서가 아니라 내면을 포함한 나의 진짜 매력을 두고 예쁘다고 말해주었고, 그 하나하나의 말들이 내 자존감을 올려주는 정말 큰 힘이 됐다.

그전에 숱하게 겪었던 '예쁜 애가 전학 왔다더라' 하는
소문은 늘 '하이 리스크'를 만들어낼 뿐이었는데, 나와
얼굴을 맞대고 지낸 친구들이 해주는 말은 달랐다.

　　은솔이는 쌍거풀이 얇아서 예뻐.
　　다른 사람 생각해주는 배려심이 깊어서 너무 예뻐.

타인의 눈으로 상처받았던 마음이 타인의 눈으로 다시
치유된다는 사실이 아이러니하지만, 가까운 이들이 곁
에서 해주는 말은 분명 나를 인정하게 되는 계기가 되
었다. 생각이 깊고 멋있는 친구들이 나를 칭찬해주니
까 '내가 생각보다 괜찮은 사람인가?' 하면서 자존감이
올라갔다. 그동안 내가 사랑받지 못하는 사람이라고
생각했던 결핍이 그렇게 채워졌다. 여전히 마음속에
오래된 상처들이 새겨져 있지만, 창고에 던져놓은 물
건들을 예쁜 천으로 가려놓는 것처럼 친구들은 내 상
처 위를 덮는 예쁜 천이 되어주었다.

내가 사람에게 받은 게 많다고 생각하기 때문에 나도 항상 주변에 사랑을 주는 사람이 되고 싶다. 예전에는 상처받는 일이 마냥 무섭기도 했는데, 지금은 나도 많이 성장하고 의연해진 것 같다. 관계에서 상처받더라도 금방 털어내고, 다시 또 깊게 알아가고 경험을 쌓으면 된다고 생각하게 됐다. 연인 관계에서도 최선을 다한 쪽은 미련이 없다고 하는데, 인간관계도 마찬가지가 아닐까. 함께할 때 나에게 소중했던 사람이라면 마음을 주고 최선을 다했던 걸 후회할 필요는 없다고 생각한다. 물론 금전적인 사기를 당하는 건 논외지만.

진심으로 전한 마음을 상대방이 소중하게 받아주는 것만큼 행복한 일이 있을까? 한번은 진로 문제나 인간관계로 힘들어하던 친구에게 전국 수영 대회에서 처음 땄던 금메달을 선물한 적이 있다. 나에게도 정말 큰 의미가 있는 메달이었지만, 그 메달이 나에게 가져다줬던 행복과 행운의 의미를 그 친구에게도 나눠주고 싶었다. 그때 친구는 울면서 내가 내민 메달을 받아주었다. 조금이나마 내 마음이 전달되었다는 사실은, 나에게 더 큰 기쁨이었다.

한편으로는 내가 마음을 크게 주고 상처받을까 봐 걱정된다는 친구들도 있다. 내가 꼭 머리끈이나 스티커 같은 작은 선물을 자꾸 물어오는 반려동물 같다고 말이다. 정이 많고 사람을 좋아하다 보니, 내가 마음을 준 사람이 나를 좋아하지 않을 때 더 많이 상처받고 힘들었던 것도 사실이다. 하지만 설령 상처받더라도 내가 믿는 사람이라면 그저 현재의 마음에 충실하게 대하고 싶다. 좋아하는 마음은 내가 가지고 있을 때보다 상대에게 건네주었을 때 서로에게 더 크게 와닿는다.

누군가는 무언가 필요할 때만 찾는 친구들을 멀리해야 한다고 하지만 내 생각은 조금 다르다. 자주 연락하지 않더라도 필요할 때 찾는다는 건 그만큼 마음속으로 의지할 수 있다는 뜻이 아닐까? 인간은 모두 이기적이기 마련이라, 서로 필요할 때 도움을 줄 수 있는 관계도 존재할 수 있다. 물질적인 도움이 아니라 감정적으로 편하고 재미있는 마음을 나누는 게 필요할 때라도 찾는 관계라면 그것도 소중하다고 생각한다.

물론 모든 사람이 나를 좋아할 수도 없고 모든 사람과 잘 지낼 수도 없다는 것은 충분히 배웠다. 지금은 모든 사람에게 잘 보이려고 하지 않고, 나 스스로를 지키면서 소중한 사람들과의 관계를 더 소중히 하려고 한다. 인간관계에 우여곡절이 많았던 덕분인지 다행히 그만큼 사람 보는 눈은 길러진 것 같다. 무례한 사람은 최대한 멀리하려고 하고, 좋은 사람들에 대한 나의 감을 믿는다.

사실 나는 은근히 내향형이라서 사람들을 만나며 에너지가 충전되기보다는, 내면에서 홀로 에너지를 충전한

다음에 사람들을 만나서 그 에너지를 쓴다. 하지만 사람들을 만나고 그들을 행복하게 하는 건 내 영혼을 채워주는 가장 큰 기쁨이기도 하다.

아픈 시간이 있었지만 어쩌면 그 시기를 겪으면서 나는 더 단단해졌는지 모른다. 돌이켜보면 최악의 상황도 겪었지만 늘 인복이 따랐던 것 같다. 완전한 고립이 아니라서 무너지지 않고 견딜 수 있었고, 내가 겪은 고통을 이겨낼 수 있었다. 내가 입장을 바꾸어 생각했을 때, 이런 사람이 곁에 있으면 나에게 큰 힘이 될 것 같다는 이상이 있다. 나도 다른 사람에게 그런 존재가 되어주고 싶고, 나로 인해서 누군가 행복감을 느낄 때 나에게 결핍되었던 사랑도 더욱 채워지는 것 같다. 그렇게 큰 사랑을 서로 주고받을 수 있는 관계가 많아질수록 삶은 풍성해지는 것이 아닐까?

고민이나 걱정으로부터 제대로 '헤엄'치는 법

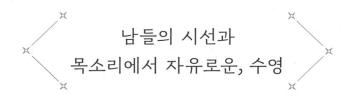

남들의 시선과
목소리에서 자유로운, 수영

초등학생 때 엄마의 권유에 따라 수영을 시작한 후로 학창 시절의 거의 전부를 수영과 함께했다. 제대로 나의 몸에 대해 생각하게 된 것도 수영을 시작하고부터 였고, 선수를 하는 동안 겪었던 학교생활은 나의 마음에 큰 영향을 주었다. 좋든 싫든, 나는 수영과 함께 자랐다.

처음 수영을 시작했을 때가 떠오른다. 같은 수영반 아

이들끼리 탈의실에 옹기종기 들어가 옷을 갈아입으면서 서로 수영복을 구경했는데, 그때의 내 눈에는 내 수영복만 사이즈가 유독 크다는 사실만 보였다. 괜히 주눅이 드는 마음을 숨기고 재빨리 수영복을 갈아입고 나오면 서둘러 수영장 안에 들어가고 싶다는 마음뿐이었다.

물에 들어가야 그나마 내 몸이 안 보일 테니까. 살을 빼야 한다는 나름의 경각심을 가지고 수영을 시작한 건데, 수영복을 입는다는 것 자체가 내 몸을 고스란히 드러내야 한다는 허들을 넘어야 하는 일이었던 셈이다.

심지어 수영으로 열량을 소모하는 만큼 더 먹으니 살이 빠지지도 않았지만, 그 와중에 다행스러운 일은 내가 수영에 의외로 재능이 있다는 사실을 발견한 것이었다. 어릴 때부터 체력이 좋고 운동을 잘하는 편이기도 했지만, 무엇보다 물속에 들어가면 마음이 편했다.

물속에서는 잠시나마 남들의 시선에서 벗어날 수 있는 느낌이 들었다.

내 덩치가 크다는 걸 남들이 지적할 일도 없었고, 물속에 있으면 사람들의 소리도 들리지 않는다. 또 다행히 운동신경이 좋아서 물속에서도 제법 자유롭게 움직일 수 있었다. 특히 수영이라는 스포츠에서는 길쭉한 키가 오히려 장점이었다. 물론 단거리에서는 키가 작은 게 조금 유리할 수도 있지만, 육상에서 그렇듯이 수영도 장거리를 갈 때는 팔다리가 긴 편이 도움이 된다.

수영이 좋아서 잘하게 되었는지, 잘하는 수영이 재미있었는지 모르겠지만 내가 잘하는 일을 찾았다는 건 또래 사이에서 한창 자존감이 떨어지던 나를 원래의 당당한 모습으로 되돌리는 데 큰 도움이 됐다. 주변을 의식할 필요가 없었던 어린 시절에는 나는 원래 좀처럼 기가 죽지 않는 당찬 성격이었다. 어릴 때 아빠 동창

모임에 가족들끼리 버스를 대여해서 놀러 간 적이 있는데, 그때는 그 많은 사람 앞에서 떨지도 않고 장윤정의 '어머나' 같은 노래를 부르면서 용돈을 엄청나게 수금했다고도 한다.

수영이 재미있기도 했고 내가 가진 승부욕도 도움이 되었는지, 수영을 시작한 지 1년쯤 지났을 때 선수반을 운영하던 코치님에게 캐스팅을 받게 되었다. 그 이후로 나는 본격적으로 선수 준비를 시작하게 됐다. 초등학교 5학년 때부터는 대한수영협회에 선수 등록을 해서 그때부터 수영 선수의 길을 걷기 시작했다.

사회생활을 시작할 때쯤 되면 다들 한 번씩 고민하게 되는 문제가 바로 '좋아하는 일을 직업으로 가져도 되는지'가 아닐까? 하지만 그걸 고민하기에는 너무 어렸던 초등학생에게 선수가 된다는 건 처음에는 마냥 설레는 일이었다. 다행히 수영에 어느 정도 재능이 있었던 덕분인지 6학년 무렵까지 큰 실패 없이 그럭저럭 무탈한 선수 생활을 할 수 있었다. 그때까지만 해도 내가 수영을 잘한다는 사실이 외모 콤플렉스도 조금이나마 커버해주었다.

하지만 수영을 잘하거나 좋아하는 것과 수영 선수라는 이름을 걸고 생활하는 것은 당연히 또 다른 차원의 문제였다. 특히 당시에는 운동선수 사이에 일명 '군기' 문화가 팽배했다. 내가 속한 수영팀은 초등학생부터 성인까지 있다 보니 고등학생이 초등학생에게 군기를 잡기도 했다.

서열이 낮으면 탈의실 서랍 하나를 세 명이 같이 써야 했고, 언니들이 수영복을 입고 나오기 전까지 막내들이 재빨리 나와서 훈련 준비를 마쳐야 했다. 게다가 당시 코치님까지도 이를 묵인했고, 오히려 더 강압적인 분위기가 훈련에 효율적이라고 믿는 스타일이었다. 누군가 잘못한 일이 있으면 연대 책임으로 기합받았고, 운동 후에는 창고에 끌려가서 무릎 꿇는 일도 흔했다.

이후 고등학생 때까지 수영 선수 시절을 거의 전부 함께 보냈던 코치님이 내게 칭찬해준 적은 딱 두 번뿐이었다. 기록을 많이 단축했을 때, 시합에서 역전했을 때였다. 그때도 '잘했네' 한 마디 정도였다. 코치님은 실력 향상을 위해 날 엄격하게만 다그치는 게 가장 좋은 방식이라고 생각하셨던 것 같지만, 기록에는 도움이 되었을지 몰라도 나라는 사람에게는 도움이 되지 않았다.

용감하고 당차다고 생각했던 내 모습은 어쩌면 그때부터 조금씩 시들어간 것 같다. 공주 취급받으면서 자랐던 온실 속 화초 같던 내가 적응하기 쉽지 않은 세계였다. 부당한 일이 있어도 맞서 싸우지 않고 그 분위기 속에서 그저 그게 맞나 보다 하고 수긍하는 게 몸에 배었다. 마음이 약해지니 수영 실력도 부진해졌다. 그즈음

부터 나의 자존감은 눈치채지 못한 사이에 조금씩 바

닥으로 떨어져가고 있었다.

첫인상이 기대에 못 미쳐
미안하게 됐지만

수영 선수가 되면서 전학을 자주 다녔는데, 내가 처음
으로 공식적인 '왕따'가 된 것은 중3 때였다. 내 의도
와 상관없이 첫 단추부터 꼬였던 것 같다. 나는 중2 때
쯤에 이미 페이스북을 시작하면서 팔로워도 제법 모이
고, 또래 사이에서는 다소 유명세를 얻은 상태였다. 그
러다 새 학교로 전학 가는 게 결정되고 나서 나름대로
기대하는 마음으로 페이스북에 소식을 알렸는데, 덕분
에 내가 전학을 온다는 사실이 새 학교에 미리 알려져

있었다. 한 치 앞을 모른 채 무심코 화려한 예고편을 상영해버린 셈이었다.

일종의 페이스북 스타 이미지의 학생이 전학을 온다고 하니 다들 관심을 가졌던 것 같은데, 막상 얼굴을 보니 기대했던 모습이 아니었던 모양이다. 화장하고 꾸민 얼굴도 아니고, 딱 봐도 덩치가 크니까 "뭐야, 못생겼잖아?"하고 대놓고 실망하는 소리가 내 귀에도 들렸다.

첫인상이 기대에 미치지 못한 건 미안하게 됐지만, 그게 나인 걸 어쩌겠는가? 아마 이후에라도 같이 어울리는 시간이 많았으면 첫인상과 상관없이 어느 정도 관계가 잘 풀렸을지도 모른다. 하지만 또 나는 다른 친구들과 달리 선수 생활을 하는 '특기자'였다. 심지어 그 학교에서는 내가 첫 특기자라서 일반 학생들과 다른 상황인 나를 보는 시선이 더욱 곱지 않았다.

그전에 다니던 학교는 특기자가 많아서 선생님들이나 학생들이나 특기자들이 수업에 들어오지 않는 상황을 이해하고 배려해주는 분위기였는데, 여기에서는 내가 모든 게 처음이었다. 특기자에 대한 정보가 없었던 상황이라 예외적인 상황에 대해 대처하는 게 선생님도 학생도 미숙했던 것 같다. 나는 수업을 계속 빠지면서 운동을 하는 상황이었고, 어떨 때는 2박 3일씩 시합장에 가느라 학교에 코빼기도 안 보이는 날도 있었다.

같은 반 아이들 입장에서는 안 그래도 수업을 안 들어오는 애가 페이스북에는 계속 게시글을 올리고 있으니 '얘는 놀면서 학교는 안 나온다'고 생각했던 것 같다. 교복 한 번 줄여본 적도 없는데 학교를 안 나오고 페이스북을 한다며 일진이라는 오해도 받았다. 실상은 평일에 매일 운동을 가느라 일요일에 콘텐츠 7개를 한꺼번에 만들어놓고 하루에 하나씩 올리는 것뿐이었는데 말이다.

하루는 여느 때처럼 운동하러 가려는데, 갑자기 페이스북으로 메시지가 왔다. 다른 수영팀에 소속된 얼굴 아는 선배였는데, 무턱대고 내 얼굴을 보기 싫다면서 내가 관종이라고 비꼬는 내용의 메시지를 보낸 것이었다. 습관처럼 '죄송합니다'라고 사과부터 했지만 달라지는 건 없었다.

제가 뭔가 잘못한 게 있나요?

동영상 올리는 것부터가 잘못이에요. 짜증 나게 학교 전학 간 걸 왜 올리세요? 보기 싫으니까 올리지 마세요.

동영상 올린 것 말고도 내가 잘못한 게 있으면 고치겠다고 말해봤지만 결국 욕만 먹으면서 끝났다. 지금 생각하면 내가 잘못한 건 없지만 그때는 선수들 사이의 군기에 너무 익숙해져 있었다. 선배의 말이니 내가 뭔가 욕먹을 만한 짓을 했겠구나, 하고 수긍했던 것 같다.

나도 모르게 혼자서 이유를 찾으려고 노력하기도 했다. 설령 후배가 내 뒷담화를 했어도 나는 뭐가 문제였는지 물어보고 불편한 점이 있으면 고치겠다고 이야기했는데, 나중에 듣기로는 그래서 내가 더 유약한 사람으로 보였다고 한다. 나는 싸우고 싶지 않았고, 다른 사람들이 싫어하는 점을 고쳐서 좀 더 좋은 사람이 되고 싶었다. 한편으로는 SNS에서 인기를 얻었다는 '왕관'을 쓰려면 버텨야 하는 무게이니, 어쩔 수 없는 일이라고 합리화하면서 체념하기도 했다.

하지만 지금 생각해보면 세상에는 꼭 이유 있는 괴롭힘만 있는 것은 아니었다. 그저 나는 누구나 쉽게 입에 올릴 수 있는 만만한 타깃이었을 뿐이다. 결국 주변에서 나를 싫어하는 제일 큰 이유는 페이스북으로 얻은 유명세 때문이었다. 운동에 집중하지 않고 페이스북 활동을 하는 게 보기 싫고, 괜히 열심히 운동하는 선수들 얼굴에 먹칠하지 말라는 것이다. 그런데 만약 내가 페이스북을 하느라 운동에 집중하지 않는 게 사실이라면 그만큼 경쟁자가 없어지니 오히려 본인들에게 이득이지 않을까? 사실은 그저 남들과 달라 눈엣가시처럼 거슬리는 공공의 적이 필요했던 것 같다.

그때 학교에서는 종종 '위(Wee)클래스 사과데이'라는 걸 진행했는데, 서로 마음을 전하는 일종의 마니또 같은 행사였다. 친구들과 오해를 풀고 진심을 나눌 수 있는 취지는 좋았지만, 현실은 그 행사조차 나를 괴롭히는 기회가 됐다. 그날 교실에서 내 서랍을 열었더니 A4 용지 크기의 종이의 롤링 페이퍼가 나왔다. 새빨간 글씨의 욕이 가득 차 있는 롤링 페이퍼였다. 원래는 기획 측에서 편지나 선물을 한 번 점검해서 전달한다는데 하필 내 것만 누락됐다나. 다들 쳐다보고 있는 앞에서 그 롤링 페이퍼를 찢어서 버리는데 주변에서 노골적으로 수군거리는 소리가 들렸다.

아, 은솔이는 좋겠다! 맨날 학교 빠져서.

너도 은솔이처럼 해! 쌤이 눈감아주잖아.

내가 수업 대신 운동하러 간다는 걸 모르는 사람은 없
을 테니 굳이 해명할 일도 아니었다. 그래도 학교를 빠
진다는 게 결국 맞는 말이기도 했으니 그저 어떻게든
버텼다. 사춘기 시절 아이들에게는 나라는 존재 자체
가 신경에 거슬리고 불만스러울 수 있다는 걸 한편으
로는 이해하면서, 억울하면서도 납득하려고 노력했다.

하지만 학교에서 괴롭힘의 강도가 높아지면서 더 이상
참을 수 없는 수준에 이르렀다. 학교폭력으로 신고도
여러 번 했다. 하지만 남들보다 덩치가 큰 나에게 대놓
고 몸싸움을 거는 사람은 없었고, 신체적으로 심각한
폭행이 일어나지 않는 이상 언어폭력이나 따돌림으로
는 학교폭력이 인정되지 않았다. 그러나 말로도 사람
을 죽일 수 있다는 걸 나는 진작부터 알 수 있었다. 그

때는 차라리 누가 나를 때리기라도 했으면 했다. 집단
적인 고립 상황에서 정신적으로 나는 점점 피폐해지고
있었다.

중3 때는 네이트판에 나에 대한 비방글이 올라온 적도
있었는데 그게 인기글 1위를 차지했다. 페이스북에서
스타로 유명한데 실물은 별로라는 언급은 귀여운 수준
이었다. 주가 되는 건 내가 일진이라서 학교에서 다른
아이들을 괴롭힌다는 허무맹랑한 내용이었는데, 온라
인에서는 다들 그걸 믿었고 소문은 댓글에서 점점 부풀
려졌다. 학교에서 매점에 갔다가 아는 친구 동생이 아
이스크림을 먹길래 '한 입만!' 하고 얻어먹은 적이 있었
는데 그게 '삥 뜯은' 일진 언니가 되어 있었다. 내가 1학
년 층에 가서 선배 대접을 받으려고 거드름을 피운다
는 터무니없는 소문도 돌았다. 실상은 3학년 층에서는
모두 나를 배척하기 때문에 그저 쉬는 시간에 그 공간
을 피하려고 1학년 층을 배회했을 뿐이었다.

지금이라면 그런 소문을 신경 쓰지 않고 의연하게 대처할 수도 있겠지만 그때는 커다란 커뮤니티에 나에 대한 악성 소문이 엄청난 관심을 받고 있다는 게 엄청난 스트레스일 뿐만 아니라 커다란 상처였다. 견디다 못해 부모님에게 도움을 요청했다. 해당 게시물을 고소하려고 경찰서까지 찾아가서 자초지종을 설명했다.

이런 일이 있어서 고소하려고요.

아, 예. 근데 그러면, 페이스북? 그런 거 안 하시면 되잖아요.

경찰의 반응에 더는 할 말이 없었다. 제대로 된 항의도 하지 못하고 그대로 돌아 나왔고, 나는 체념했다. 그냥 이렇게 욕먹으면서 살 수밖에 없나 보다……. 학교 측에도 말해봤지만 다를 게 없었다.

조금 있으면 졸업하잖아, 중3이니까 조금만 더 참으면
안 되겠어?

모두가 나에게 홀로 버티라고 말하고 있었다. 나를 둘
러싼 가혹한 상황을 헤쳐나갈 길이 보이지 않는 가운
데서 내 상처는 점점 더 깊어졌다. 경찰서에 다녀오고
사흘 동안은 운동도 나가지 못하고 방에 틀어박혀 있
었다. 그때의 나는 학교라는 세계에서 고립되고 공격
받는 내내 속수무책이었다.

나의 매력이
약점이 되는 순간이 오면

특정 사람을 묘사할 때 우리는 무엇을 떠올릴까? 그 뚱 뚱한 애, 얼굴 하얀 애, 누구 닮은 애. 외모적인 특징으로 지칭하는 경우가 대부분일 것이다. 외국에서는 어떤 사람을 묘사할 때 '그 분홍색 셔츠 입은 남자', '긴 머리에 리본을 묶고 다니는 사람' 같은 식으로 외모가 아닌 외형적 특징을 꼽는 경우가 많다고 들었다.

반면 우리 사회에서는 알고 보면 의식도 하지 않고 숨

쉬듯이 다른 사람의 외모를 평가하고 있는 것은 아닐까. 그게 칭찬이든 비난이든 평가당하는 쪽에서는 다른 사람들의 시선을 언제나 의식해야 한다는 사실은 변하지 않는다.

내가 전학을 자주 다녀야 했던 건 그런 의미에서 최악의 환경이었다. 새로운 학교에서 처음 보는 아이들 앞에 설 때마다 나를 발가벗겨 보여주는 것 같은 기분이 들었다. 그래도 중학교를 졸업하고 고등학교에 진학하면서는 나를 괴롭히던 아이들과 물리적으로 멀어지면서 상황이 조금 나아졌다. 태생적으로는 밝고 나서기 좋아하는 성격 덕분에 새로운 환경에 금방 적응하고 반장까지 하면서 그럭저럭 무탈한 시기를 보냈다. 더불어 중2 때부터 하던 페이스북이 점점 유명해지면서 고2 때쯤에는 팔로워 수가 최고치에 달하며 또래 아이들 사이에서 꽤 입소문이 났다.

그런데 바로 그때 나는 또 전학을 가게 되었다. 나를 페이스북에서만 보던 아이들 앞에 서서 내 민낯을 선보여야 하는 순간이 다시 찾아온 것이다. 전학 가는 게 마음이 내키지 않았지만 원래 다니던 고등학교에서 특기자 시스템이 없어지는 바람에, 일반고 일정대로 수업을 다 듣고 야자까지 하고 나면 운동을 할 수가 없었다. 불가피하게 다른 학교에 가야 하는 상황이었고, 서울에 특기자 자리가 잘 나지 않아서 전라도의 읍 단위 시골에 있는 체육고로 전학 가서 기숙사 생활을 시작하게 되었다.

내심 우려했던 시나리오가 고스란히 펼쳐졌다. 서울에서 전학을 오는 아이가 심지어 페이스북 스타라고 하니까 오기 전부터 떠들썩했던 것 같다. 전학 가는 날부터 왠지 모를 부담감에 위축되어 있었는데, 역시나 내 얼굴을 보고 생각보다 못생긴 데다 뚱뚱하다며 수군거리는 목소리가 나오기 시작했고 마치 자연스러운 수순처럼 또다시 왕따가 시작되었다. 이미 알고 있는 고립이었고, 내 인생에 두 번째로 찾아온 최악의 시기였다.

선수들 사이에서는 주장이 운동 시간을 나에게만 알려주지 않아서 연습을 놓칠 때도 있었고, 쉬는 날을 공유해주지 않아서 새벽에 혼자 운동을 나가는 일도 있었다. 수영복에 구멍을 뚫거나 수경에 칼집을 내놓는 건 기본이고, 누군가 러닝화를 가져다 버리기도 했다.

은솔이는 서울 살아서 돈 많잖아? 또 사면 되지.

시기와 질투였을까? 대단하지도 않은 것 같은 아이가 연예인도 아니면서 페이스북에서 유명해진 게 부당하다고 생각해서 응징하려던 걸까? 어디에서 시작된 마음인지는 모르겠지만 나를 싫어하는 이유는 얼마든지 계속 생겨났다. 체고는 인원이 적어서 내신 1등급이 2명밖에 되지 않을 정도인데, 서울에서 전학을 왔다고 하니 내신을 노리고 온 게 아니냐며 경계하는 아이들도 있었다. 서울에서 사교육 받고 공부 잘하던 학생이 전교 1등이라도 하면 다들 내신 등급이 하나씩 내려갈 테니, 운동이 아니라 공부로 내신을 잘 받아서 대학 가려고 전학 온 게 아니냐는 것이다.

내가 4월생인데 학교에 빨리 들어갔기 때문에 후배들은 후배들대로 선배 취급을 하지 않으면서 동기들의 괴롭힘에 동조했다. 한 학년 후배들이 복도를 지나가다가 갑자기 내 코를 들춰보고 '성형한 줄 알고!' 하면서 깔깔거리기도 했다.

심지어 이전까지는 일과가 끝나면 집이라도 갈 수 있었는데 여기에서는 기숙사 생활이라 24시간 학교에 붙어 있어야 했다. 동계 시즌에는 집에 한 달에 한 번도 못 갈 때도 있었다. 그러니 아예 숨 쉴 틈이 없었다. 힘들어서 부모님에게 말하면 아이들은 '서울 엄마 치맛

바람'이라고 조롱했고, 선생님께 말씀드리면 '여기 애들은 다 그러면서 크는 것'이라고 했다.

나는 또래 집단에서 혼자 너무 다른 사람이었다. 어깨가 넓은 수영 선수인 것도, 페이스북에서 유명해진 것도, 또 이제는 서울에서 왔다는 것도 친구들에게 배척당하는 이유가 됐다. 나를 이루는 특징들이 SNS에서는 나를 '셀링'할 수 있는 요소였지만 현실에서는 그저 왕따의 빌미였다. 사람들은 자신과 비슷한 무리에 소속되고 싶어 하는 한편, 개중에 삐죽 튀어나와 있거나 눈에 띄는 사람들을 본능적으로 밀어내고 싶어 하는 것 같다. 특별해지고 싶으면서도 한편으로는 평범한 일상에서 안정감을 원한다.

어디선가는 그게 인간의 생존 본능이라고도 하던데, 인간의 신체 조건이 약하기 때문에 뭉쳐야 맹수의 공격으로부터 살아남을 수 있다는 본능이 새겨졌고 그래서 남들이 하는 걸 따라 하고 소속되려고 하는 게 당연하다는 것이다. 내 생각에 사람들은 이제 맹수가 아니라, 자신과 다른 누군가로부터 자신이 소속된 무리를 지키려고 하는 것 같다. 그래서 사회에서는 수많은 약자가 보호받지 못하고 오히려 배척된다. 그저 다수와 다르다는 이유만으로 말이다.

나는 안식처 하나 없는 학교에서 점점 피폐해지면서 스스로도 내가 정신적으로 너무 불안하게 흔들리고 있다는 위기감이 들었다. 매일 크고 작은 에피소드가 생기고 나만 배척당하는 느낌이 드는 게 견디기 힘들었다. 설마 하면서도 우울증 증상을 검색해보니 내가 아무래도 우울증인 것 같기도 했다. 견디다 못해 엄마에게 전화를 걸었다.

엄마, 살려줘.

엄마는 깜짝 놀라서 서울에서 전라도까지 먼 길을 달려왔다. 그리고 결국 병원에서 우울증이 심각하다는 진단을 받으며 고2가 끝날 때쯤 기숙사를 나오게 되었다. 원래는 기숙사 생활이 원칙인데, 예외적으로 학교 근처에서 엄마와 살게 된 것이다. 학교를 벗어난다고 생각하니 조금 숨통이 트이는 듯했지만 그게 또 학교 아이들에게는 '유별난 행동'이 됐다. 다들 기숙사 생활을 하는데 왜 혼자 특별 대우를 받느냐고 하는데, '너희가 괴롭혀서 그렇다'고 할 수도 없으니 더 할 말이 없었다.

기숙사에서 나오고 나서는 운동이 끝나면 왕복 20분 거리의 자취 집까지 걸어 다니게 됐다. 그런데 그 동네가 워낙 시골이라서 학교 근처에 있는 건물이라고는 교도소밖에 없었고, 저녁 6, 7시쯤이면 가로등도 꺼져서 그야말로 어두컴컴한 밤길이었다. 당시 기숙사에서는 하루 일과가 끝나면 잠들기 전에 휴대폰을 제출해야 하는 게 규칙이었는데, 기숙사에서 나오고 나서도 나는 매일 그 길을 휴대폰도 없이 귀가했다.

선배들은 나에게 예외를 허락하지 않았고, 나도 그때는 그게 원칙이니까 당연하다고 생각했다. 졸업할 때가 되어서야 다른 체고 친구들을 통해서 기숙사 밖에 살면 휴대폰 제출을 안 해도 되는 게 맞지 않느냐는 이야기를 듣고, 그게 위험하고 불합리한 일이었다는 걸 알았다. 비상 연락망도 없이 그 외진 밤길을 혼자 걸어야 했던 것이다.

우울증이 심해지면서 이때부터 폭식증이 생겼다. 특히나 주변에 관심을 돌릴 만한 게 아무것도 없이 풀밭에서 소 키우는 시골 동네라서, 유일한 탈출구로 먹을 걸 찾는 루틴이 더 강화되었던 것 같다. 입으로 뭘 먹고 있으면 다른 생각들을 잠시나마 지울 수 있었다. 허기를 채운다고 공허가 채워지는 걸 아니라는 걸 알면서도 그랬다.

특히 수영 시즌인 여름이 지나고 나서는 졸업할 때까지 오로지 먹는 것만으로 스트레스를 풀었다. 보통 우울하거나 스트레스가 심할 때는 운동을 하면 기분 전환이 된다고 하던데, 나는 운동이 이미 일이라서 먹는 것 말고는 낙이 없었던 것 같다. 남들보다 덩치가 큰 게 항상 약점이라고 느꼈음에도 불구하고 살이 찌는 행동을 내가 찾아서 하고 있었다.

중3까지는 대회에서 2, 3등은 할 만큼의 실적이 나왔지만 점점 살이 찌고 컨디션 관리를 못 하면서 고1 이후로는 수영 실력이 걷잡을 수 없게 떨어졌다. 그 와중에 선수 생활을 함께하는 선배들은 선크림도 SPF 30 이상은 못 바르게 할 만큼 군기를 잡았고, 화장도 할 수 없는 와중에 '페북에서 봤는데 생각보다 안 예쁜데?'는 여전히 꼬리표처럼 따라다녔다.

페이스북이랑 다르다며 민낯을 하도 욕하는 사람들이

많아서 눈썹과 아이라인 문신을 했더니 이번에는 또 화장했다고 오해하며 욕하는 사람들이 생겼다. 이쯤 되니 나도 면역이 생길 법해 못 들은 척하고 의연해지려고 노력했지만, 마음의 상처가 아물 틈이 없는지라 잠도 못 자면서 폭식으로 스트레스를 푸는 날들이 이어졌다.

가끔 가만히 있어도 심장이 타들어가는 느낌이 들었다. 내일 학교에 가서 아이들 얼굴 보기도 싫고, 운동도 가기 싫어서 심장이 두근거리다 못해 아팠다. 그러면 나도 모르게 편의점으로 달려가서 과자, 컵라면, 떡볶이 등을 닥치는 대로 쓸어 담는 것밖에 할 수 없었다. 그 와중에도 나를 왕따시키던 아이가 좋아하는 브랜드의 라면에는 손도 대지 않았다. 그렇게 집에 돌아와서 있는 대로 먹을 걸 욱여넣고, 그리고 토했다. 내 의지랑은 상관없이 목 끝까지 음식물이 들어가면 몸이 감당하지 못하고 다시 게워낸다는 걸 그때 알았다.

아침에 일어나면 제일 먼저 드는 생각이 '죽고 싶다'는 것이었다. 머릿속으로 시뮬레이션도 수도 없이 돌려봤다. 어디 높은 곳에서 떨어지면 어떻게 될까? 그런데 시골에는 높은 건물도 없었다. 나는 계속 무력하게 시간이 빨리 흐르기만을 바랐다. 중학교 때는 고등학교에서는 다르겠지, 고등학교에 오니 대학교에 가면 또 다르겠지……. 어딘가 다른 곳에는 천국이 있을 거라는 실낱같은 희망이 나를 유일하게 붙잡았다.

좋아하던 일이
싫어졌을 때가 있나요?

우울증과 폭식증의 굴레 속에서 살던 고2 때는 정신적인 고통이 곧 신체적인 반응으로 이어졌다. 운동선수는 몸을 써야 하는데, 살이 찌고 실력도 떨어졌다. 학교에서는 운동 스케줄을 제대로 공유받지 못해서 훈련 루틴도 엉켜갔고, 나도 더 이상 크게 의욕이 없었다.

이쯤 되니 수영장 탈의실에 들어가는 순간부터 심장이 불안하게 뛰었다. 수영장은 사방이 막힌 실내 공간인데, 배영을 하면서 천장을 바라보면 사각형 타일이 빼곡하게 늘어져 있어 마치 나를 가두려고 만들어낸 인위적인 공간 같았다. 습한 공기도 숨을 쉬기 갑갑했다. 이곳이 지옥이 아니라면 현실의 감옥이었다.

시합장에 가면 선수들이 '쟤는 SNS 하다가 망한 거야, 저 몸으로 어떻게 수영을 하지? 어떻게 저 얼굴로 SNS를 하지?' 하면서 수군거렸다. SNS를 하다가 수영 선수로서 기량이 떨어졌다는 게 어떻게 보면 맞는 말일지도 모르지만, 나로서는 남들 생각처럼 SNS를 하느라 '시간을 뺏긴' 게 아니었기 때문에 억울했다. 내가 빼앗긴 건 시간이 아니라 남들처럼 외모가 아닌 실력으로 평가받을 수 있는 자격이었다.

시합장에 가면 종목별로 천 명이 넘는 사람들이 있는데 워낙 세계가 좁아서 한 다리 건너면 다 아는 사람들이다. 나는 상대를 몰라도, 그냥 스쳐 지나가는 나를 아는 사람들은 한마디씩 비난을 던졌다. 내가 수영을 하니까 페이스북에 '인어 공주'라는 댓글이 달리곤 했는데, '공주가 어딨냐, 돼지지' 하면서, 하마가 수영하는 것 같다는 말을 대놓고 하기도 했다.

점점 물에 들어가기 싫다는 생각이 강해지기 시작했다. 사실 수영 선수에게 수영복은 몸매를 드러내는 옷이 아니라 그저 운동을 위한 유니폼이고 전투복이다. 그런데 이제는 내가 수영복을 입은 모습을 모두가 쳐다보고 평가하는 것 같은 느낌이 들었다. 실제로 성희롱도 많았다. 하루는 옆에서 어떤 아이가 다른 체고의 남자 동기와 통화하는 소리가 들렸다.

너희 학교에 페북 스타 갔다며? 가슴 커?

크긴 커. 푸하하!

일부러 그랬는지 내가 다 들리는 데에서 그런 통화를 했다. 남들의 시선이 스칠 때마다 심장이 빠르게 뛰다가 급기야 찢겨버릴 것 같았다. 일찌감치 수영으로 진로를 정한 상태였지만 수영이 내 유일한 미래라면 이제 나는 미래를 꿈꿀 수 없었다. 어릴 때는 물속에서 잠수하면 자유로움을 느꼈는데, 이젠 잠수를 하다가 이대로 물 위로 떠오르지 않으면 그대로 모든 걸 끝낼 수 있지 않을까, 나도 모르게 그런 생각을 하고 있었다. 물론 수영 선수는 본능적으로 몸이 움직이기 때문에 익사도 쉽지 않다.

이제 수영으로 입시를 준비하면 대학에 가서까지 수영을 해야 하는데 그 생각만 해도 가슴이 답답했다. 시합장에서 스타트를 알리는 심판의 호루라기 소리도 내 마음을 불안하게 만들었고, 전광판에 내 이름이 적힌 것만 봐도 턱 하고 숨이 막혔다. 그러다 보니 이제는 그냥 관중석에 앉아서 수영장 특유의 락스 냄새를 맡는 것만으로도 마음이 불안해졌다. 수영장에 들어서는 것조차 나에게는 공포가 되고 있었다.

게다가 체대 입시를 알아보는 과정에서, 실기 준비를 위해서는 감독 선생님의 확인을 받고 입시 학원에 다녀야 했는데 감독 선생님은 나를 심하게 따돌렸던 아이와 같은 학원에 보냈다. 서로 다른 학원에 다니면 확인증을 발급하기 번거로우니 4개월 동안 피해자와 가해자가 한 공간에서 입시 준비를 하게 만든 것이다. 내가 분명히 두 번이나 왕따에 대해서 상담했는데도 당연히 접수가 안 됐던 모양이었다. 이제 그냥 모든 게 진절머리났고, 결국 학원도 그만두게 됐다.

더 이상 수영을 하고 싶지도 않고, 수영으로 대학에 가고 싶지도 않았다. 그래서 나는 아직도 선수들이 고등학생 때 많이 따는 수영 관련 자격증도 없다. 나는 결국 입시를 앞둔 고2 때 수영을 그만두었다. 뒤늦게 공부를 시작했고, 그때까지 욕을 먹으면서 버텨온 게 아까워서라도 계속했던 페이스북도 접었다. 정답은 공부밖에 없다고 생각해서 그때부터는 미친 듯이 공부를 했다.

그래도 세상은 오르막길이 있으면 내리막길도 있는 나름의 시스템으로 굴러가는 모양이다. 수영을 그만둔 건 입시 측면에서 나로서도 다소 불안한 결정이었지만, 결국 올 1등급의 전교 1등 성적표를 받고 너무 뿌듯했던 기억이 난다. 이 시점에서는 주변 아이들에게 작은 복수 아닌 복수도 했다고 생각한다. 내가 수영을 그만두니 주변 아이들은 내가 당연히 대학에 못 갈 거라고 예상했던 모양이다.

하지만 나는 그들이 내가 절대 못 갈 거라고 했던 대학에 붙었고, 심지어 그들에 비하면 좋은 대학이었다. 또 아이들이 나를 자주 괴롭히던 패턴 중의 하나가 '은솔이는 돈 많으니까!' 하면서 내 물건들을 훼손시키는 것이었는데, 대학에 붙고 나서 3학년 전체에 합격 기념으로 햄버거를 돌렸다. 일부러 비싼 버거를 샀다. 그래! 나 이제 진짜 돈 많이 벌 거야. 속이 시원했다.

나를 괴롭히던 아이들은 입시를 앞둔 고3 예민한 시기가 다가오니 결국 자기들끼리도 툭하면 분열이 생겼다. 내가 수영장에 앉아 있으면 한 명씩 나한테 로테이션으로 와서는 나머지 무리를 뒷담화했다. 내가 동병상련의 마음으로 이해해줄 줄 알았을까? 하지만 고3 때쯤 되니까 나도 이제 무서울 게 없었다. 나는 서울로 대학 갈 거니까 이 아이들을 다시 만날 일도 없을 거고, 이제 여기를 떠난다고 생각하니 홀가분했다. 왕따당하는 내내 화도 내지 못하고 늘 '미안하다'라는 말만 하고 말았는데, 이제 나에게 와서 하소연까지 하고 있으니 황당했다.

너희 내가 학폭 신고하고 힘들어서 죽고 싶다고 얘기했

을 때 모른척했잖아. 근데 왜 이제 와서 나한테 이런 얘기를 해? 너 힘든 거 알아달라고?

나한테 자기 무리 뒷담화를 하던 아이들의 이야기를 가만히 듣다가 차분하게 한마디 했더니 다들 아무 대꾸도 못 하고 가버렸다. 드디어 내 의견을 제시했다는 사실이 너무 상쾌했다. 왜 그동안 화살을 맞고만 있었을까, 심지어 왜 그렇게 스스로 나를 찔렀을까. 그 한마디를 할 수 있었던 게 너무 속 시원해서 나도 놀랄 정도였다.

후일담을 말하자면, 나중에 내가 SNS에서 더 유명해지고 나름대로 잘되고 나니 그때 학교를 같이 다니던 아이들한테 차례차례 다 연락이 왔다. 주로 '내 수영장 홍보해 달라'는 식의 부탁이었다. 내 기억이 왜곡됐나……? 엄청난 태세 전환에 내가 내 기억을 의심할 정도였다.

반대로 고2 동기 중에서 유일하게 나를 챙겨줬던 복싱부 아이의 반응은 달랐다. 사회에서 연락이 닿은 이후, 그때 주변 아이들을 신경 쓰느라 방관했던 게 미안하다며 내게 사과를 건넸다. 그 친구는 현장학습에 가서 내가 무리 없이 겉돌면 '은솔아, 이리 와' 하면서 나를 불러준 친구였고, 그때의 나에게는 방관조차 다행이었는데……. 예상치 못하게 받은 사과가 나에게 큰 위로가 됐다.

사람 몸이 이렇게
다양하다고!

어릴 때 선수 시절에는 코치님에게 매일같이 못생겼다, 살을 빼야 한다는 지적을 받았다. 식물도 좋은 말을 들려줘야 잘 자란다는데……. 수없이 외모 지적을 받고 있으니 운동보다는 외모 콤플렉스가 커질 수밖에 없는 상황이었다. 고1 때 하루는 코치님이 몸이 마르고 수영을 잘하는 오빠 한 명과 나를 전신거울 앞에 나란히 세웠다. 물론 수영복을 입고 있는 채였고, 주변에는 20여 명의 수영팀이 우리를 지켜보고 있었다.

너 그 몸으로 시집이나 갈 수 있겠어? 그게 사람 몸이냐? 옆에 오빠 봐라, 몸이 이래야지.

당시 코치님은 내가 채찍질을 당할수록 실력이 빨리 향상된다고 생각하는 분이었다. 그래도 이건 너무 심했다. 수영복 사이로 튀어나온 겨드랑이 살을 붙잡히고 서 있는 그 순간이 영원처럼 흘렀다. 아예 사람들 앞에서 벌거벗고 있는 것과 하등 다를 바 없는 기분이었다. 그동안 웬만한 일을 겪어도 남들 앞에서는 울지 않는 나였는데, 그때는 너무 수치스러워서 눈물이 절로 나왔다.

물론 선수로서 살을 빼지 못하는 건 충분히 지적받을 만한 문제일 수 있다. 누군가는 프로답지 못하게 징징 댄다고 생각할 수도 있을 테고, 내가 당한 모든 일을 억울하다고 할 수는 없을 것이다. 애초에 그 환경 속에서는 나조차 일부는 동화되어 있었던 것이 사실이다. 게

다가 나 역시 체형의 다양성에 대해서는 까막눈이나 마찬가지였다.

심지어 나는 고등학생 때까지도 남자들은 모두 배에 선명한 복근을 가지고 있는 줄 알았다. 선수 생활을 하면서 수영장에서 본 남자들의 몸에는 모두 복근이 있었으니까 역도 같은 특정 종목이 아닌 이상 그게 당연한 줄 알았던 것이다. 그 정도로 나 역시 외모나 몸매에 대한 편견이나 강박을 가지고 살아왔으니, 스스로 엄격한 잣대를 들이댈 수밖에 없었고 남들이 말하는 내 몸매에 대해서도 늘 자신감이 없는 게 당연했다.

우울증으로 힘들었을 때 일 년 동안 휴학을 하면서 잠시 나를 둘러싸고 있던 기존의 환경에서 물리적으로 벗어나는 것은 생각을 어느 정도 전환할 수 있는 계기가 되었다. 새로운 사람들을 만나면서 새로운 세계를 접하는 것이 마치 알에서 깨어나는 것 같은 터닝 포인트가 되어준 것이다. 내가 오랫동안 지니고 있던 외모 강박의 굴레에서 벗어날 수 있었던 건 일차적으로 주변에서 외모로 핍박받는 환경에서 벗어났기 때문에 가능했던 것 같다.

대학에 들어오고 나서야 세상에 훨씬 다양한 체형이 있다는 걸 처음으로 체감했다. 선수들은 남녀 할 것 없이 어느 정도 근육이 붙어 탄탄하면서도 마른 몸을 가진 게 기본값이었는데, 현실에서 주변을 보니 정말 마른 사람도 있고, 살집이 있는 사람도 있고, 근육이 많은 사람도 있고 또 없는 사람도 있었다.

10년 넘게 체육만 하면서 주변에도 체육인들밖에 없다가 사회에 나오고 다양한 사람들을 만나면서 다양한 직업, 체형, 패션, 또 새로운 가치관들을 접하게 되니 그동안 내가 얼마나 정신적으로 좁은 세계에 갇혀 있었는지 알게 되었다. 내가 항상 속해 있던 세계 바깥으로 나와서 새로운 사람들을 만나는 것이 내 편협된 시야를 넓히는 데에 큰 도움이 되었던 것 같다. 그동안 나자신의 문제점에 대해서만 생각했는데, 비로소 나의 선택지를 넓히고 성장하는 기회가 열린 것이다.

몸에 대해 일상적으로 지적받는 환경에서 벗어나면서 나는 비로소 한 발을 내딛을 수 있었고 그 이후로는 삶의 질 자체가 달라졌다. 절대적인 외모의 기준을 내려놓고 나를 바라보니 내 매력도 보이기 시작했다. 나는 어깨가 넓지만 선이 예쁘고, 말을 잘하고, 다른 사람을 잘 배려하는 사람이다. 내가 어떤 사람인지, 내가 뭘 좋아하는지 누가 알아주지 않더라도 내가 먼저 들여다보고 알아주기로 했다. 설령 그게 세상에서 말하는 매력의 기준과 다르더라도 그건 나만의 것이고 내가 가진 장점이니까. 그렇게 결심하면서 나는 나 자신에게 좀 더 솔직한 사람이 된 것 같다.

현실적으로 사회에서 외모로 받는 특혜가 없다고 하면 거짓말일 것이다. 하지만 그걸 부러워하고 있으면 내 인생이 조금 더 나아질까? 물론 나도 카리나로 태어났으면 좋았겠다고 생각한다. 하지만 나는 부러워하는 대신에 포기하는 걸 선택했다. 이것은 체념이 아니라 인정이다. 대신 내가 못 가진 만큼, 남들보다 나은 다른 매력을 발전시키면 충분히 부족한 걸 채워갈 수 있다.

세공하기 전의 진주는 모양이 다 다르지만, 가지각색으로 모두 예쁘고 반짝인다. 인간도 각기 이유가 있어서 태어났고, 이 세상에서 유일한 매력과 역할을 가지고 있는 존재라고 생각한다. 외모라는 한 가지 잣대로만 판단하기엔 우리가 가진 가지각색의 매력과 재능이 너무 아깝다. 자신만의 '셀링 포인트'는 모두 다르다.

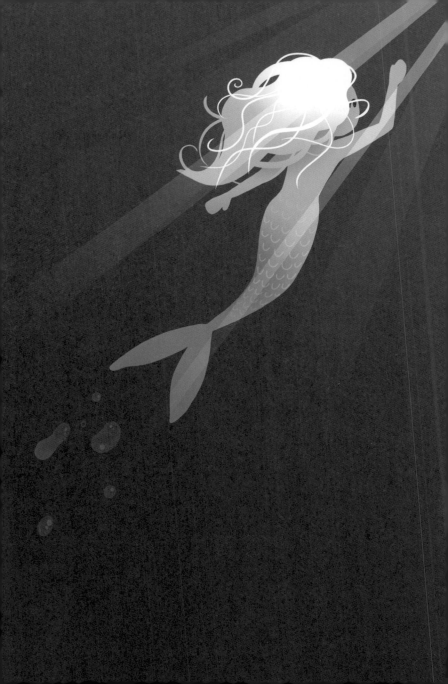

나의 장기, 나의 콘텐츠,
나의 수영

가끔 유튜브에 수영하는 영상을 올리면 '이제 수영 선수도 아니고 잘하지도 못했으면서, 왜 수영을 이용하느냐'는 댓글이 달린다. 그런데 고등학교 때 공부를 못했다고 해서 고등학교를 안 다닌 건 아니지 않은가? 수영은 좋든 싫든 결국 내가 겪어온 삶의 일부다. 그리고 선수도 아닌 일반인들의 수영은 몸매와 아무 상관이 없다. 무거우면 오히려 물에 더 잘 뜬다!

물론 수영을 그만두었을 때는 살면서 다신 물에 들어갈 수 없을 것 같았다. 아니, 정확히 말하면 이제 수영복을 입고 남들 앞에 설 자신이 없었다. 탈의실에서 옷을 벗는 것도 무섭고, 시합에서 전광판에 중계방송이 나가는 것도 싫었다. 막상 수영을 그만두니 코앞의 입시가 걱정되는 것도 사실이었지만, 그래도 후련한 게 더 컸다.

뭐랄까, 내 인생의 반려자와 헤어진 것 같은데 그 반려자가 사실은 내 인생을 망치고 있는 존재였달까. 물론 결혼한 적은 없지만, 마치 위자료까지 충분히 받고 성공적으로 이혼 소송을 끝낸 그런 느낌이었다. 후회도 미련도 없었다. 졸업할 때 학업 성적이 좋아 국회의원상을 받으면서 고등학교 생활도 잘 마무리했고, 대학도 원하는 곳을 갔으니 더 이상 수영은 돌아보고 싶지 않았다.

그런데 하루는 친오빠가 수영을 시작한다며 좀 알려달라고 해서 어쩔 수 없이 동네 문화센터의 수영장에 따라가게 되었다. 수영 그까짓 거 하면서 갔지만, 머릿속으로는 사람들이 날 뚱뚱하다고 생각하면 어떡하지? 하고 벌벌 떨고 있었다. 그 문화센터 수영장에 들어간 순간, 어떻게 되었겠는가?

그렇다. 예상하셨다시피 사람들은 나한테 별 관심이 없었고, 내 몸을 요목조목 뜯어보지도 않았다. 나도 머릿속으로 알고는 있었는데 몸으로 느끼게 되니 오랫동안 배어 있던 두려움을 그제야 떨쳐낼 수 있었다. 나 혼자서는 엄두가 나지 않았을 텐데, 오빠를 가르쳐준다는 핑계로 같이 물에 들어간 덕분에 다시 발돋움할 수 있었던 것 같다.

다시는 수영을 안 하려고 했는데, 선수로서 하는 것이 아니라 자유롭게 할 수 있게 되니 또 수영이 재미있게 느껴졌다. 초등학교 때 처음 수영을 하면서 느꼈던 물속에서의 자유로움을 정말 오랜만에 다시 느꼈다. 그러면서 내 영상에서도 가끔 수영하는 모습을 보여주게 되었다. 이제 수영은 내 인생 그 자체는 아니지만 크리에이터로서 다룰 수 있는 하나의 고유한 콘텐츠가 됐다. 자주는 아니지만, 아이돌 연말 무대처럼 가끔 색다른 모습을 보여주고 싶을 때 찍어보는 영상이랄까? 찍으면서도 즐겁고, 좋아해주는 팬분들도 많다. 수영하는 모습을 보여줄 때는 뻔뻔하게 자칭타칭 '인어 공주'라고도 한다.

물론 '수영 선수로 실패했으니까 유튜브 하는 거 아니냐'는 댓글도 달린다. 그러면 나는 수영 선수로 실패한 것은 사실이라고 솔직하게 인정한다. 그런데 사람들은 한 번의 실패가 그 사람 인생 전체의 실패라고 생각하는 경향이 있는 것 같다. 하지만 인간이라면 누구나 실패를 겪는다. 입시에서 원하는 대학에 진학하지 못하면 인생 전체가 실패한 것 같은 기분을 느끼게 만드는 사회가 더 문제 아닐까? 인생은 길다. 무언가 실패해도 계속 나아가면 그다음에 또 잘하는 일이 생길 수 있다는 걸 오히려 나의 실패로 보여드릴 수 있었다고 생각한다.

수영을 내 인생의 진로로 선택하지는 않았지만, 수영이 분명히 내게 남긴 것들도 있다. 나는 수영할 때 장거리 선수였는데 장거리에서 제일 중요한 건 페이스 조절이다. 페이스 조절을 못 하면 '말린다'라고 표현한다. 다리가 말리면 근육에 느낌이 안 오면서 페이스가 확 쳐지고 기록이 느려진다. 나도 실제로 기록을 단축하려다가 '말렸다'고 느낀 적이 있는데, 그 순간에는 정말 기록이 현저하게 느려지는 걸 스스로도 알 수 있었다. 너무 욕심을 내지 않으면 오히려 실력대로 결과를 낼 수 있었을 텐데…….

생각해보면 인생도 그런 것 같다. 장거리를 가려면 코앞의 나무가 아니라 산을 보며 페이스를 조절해야 하고, 바다를 가로지르기 위해 과하게 노를 젓다 보면 노가 부러질 수도 있다.

그래서 나는 이제 내 속도대로 가려고 한다. 내 인생의 마지막 실패가 수영은 아닐 것이다. 하지만 나는 이제 수영을 미워하지 않는다. 실패는 그저 실패로 그치는 것이 아니라 반드시 경험이라는 자양분으로 남게 된다. 후회하면서 돌아보고 머무르기보다 그 다음을 찾아나가야 한다고 생각한다. 실패를 거치지 않으면 알 수 없는 것들도 있으니까.

지금의 나에게 수영은 장기이자, 콘텐츠이고, 또 나를 자유롭게 하는 취미가 됐다. 만약 과거로 돌아간다고 해도 어쩌면 나는 또다시 수영을 선택할지도 모르겠다. 대신 이번에는, 나에게 칭찬을 아끼지 않은 좋은 코치님을 만나고 싶다. 실패를 거름으로 삼아 더 단단하게 뿌리내리는 법을 알려주는 좋은 어른을 만나 내 어린 시절을 조금은 더 행복하게 만들어주고 싶다.

입고 싶은 옷은
입으며 사는 법

나만의 '셀링 포인트'를 발견하는 법

처음으로 페이스북을 시작했던 중학교 2학년 때는 수영 실력이 하락세를 타기 시작하던 무렵이었다. 성적이 안 나오는 것보다 특히 더 나를 힘들게 했던 건 그 좁은 세계에서의 인간관계였다. 경쟁을 기반으로 한 직업적 세계가 왕왕 그렇듯이 운동선수 사이에서는 서열 관계가 결국 실력으로 정리된다. 그동안은 설령 마음에 안 드는 게 있어도 노골적으로 드러내지는 않던 선후배들이 내 실력이 떨어지니까 대놓고 뒷담화를 했다.

한창 사춘기에 접어드는 중학교 1학년은 주변에서 뭐라고 하든 내 갈 길을 가겠다는 의연함을 갖추기는 어려운 나이다. 남들의 부정적인 시선에 대한 면역력이 생기기에는 너무 어리지 않은가. 더군다나 선수 생활을 하면서 학교에 잘 나가지 않다 보니 사회생활에 대한 적응도 더딘 편이고 상처도 쉽게 받았던 것 같다. 중학생은 1, 2, 3학년이 한 팀이기 때문에 3학년보다 실력이 떨어지는 건 어쩔 수 없다고 자기 합리화를 하면서도, 거기에 혹독한 군기와 대인 관계에 대한 스트레스까지 더해지면서 점점 더 주눅이 들었다.

어찌어찌 일 년을 버텼지만 2학년이 되면서 상황은 더 나빠졌다. 이때 처음 생리를 시작했는데 운동선수로서 처음 겪는 몸의 변화를 잘 받아들이기 어려웠다. 그동안은 체격은 커도 선수 생활에 적절한 몸매였다고 생각했는데, 호르몬 영향으로 갑자기 살이 확 찌고 우울감도 심해졌다.

일주일에 6일 동안 운동을 나가고 딱 하루를 쉴 수 있었는데 막상 쉬는 날에도 뭘 해야 할지 몰랐다. 밖에 나가고 에너지를 발산하는 건 좋아하는 성격이었지만 남들처럼 홍대 같은 데 가서 쇼핑하고 노래방도 가면서 놀아줄 수 있는 친구가 없었다. 학교를 나가지 않으니 친구들에게도 소외되어 있었고, 한창 친구들이 삶이 중심이 되는 중2 때 이렇게 고립된 나날을 견디는 건 쉽지 않은 일이었다.

그렇다면 어디에서 돌파구를 찾아야겠는가? 그렇다. 이제는 스마트폰 하나면 세계인과 연결되는 SNS의 시대였다. 그때 처음으로 페이스북을 시작하게 됐다. SNS는 친구가 없는 나에게 유일한 세상과의 소통 창구였다. 처음에는 '진실 혹은 거짓' 같은 커뮤니티 페이지에 글을 올리기 시작했다.

원래부터 나는 남들 앞에 나서는 걸 좋아하는 성격이

었다. 어릴 때 고모가 시장에 데려가서 춤춰보라고 하면 그 북적거리는 사람들 사이에서 뻔뻔하게 춤을 추고 귀엽다는 칭찬도 많이 받았다. 학예회를 하면 화려하게 드레스를 차려입고 무대에 나가서 마이크 잡고 MC를 보는 게 즐거웠다. 선수로 생활하다 보니 점차 그럴 기회 자체가 줄어들었는데, 페이스북은 나도 모르게 봉인되어 있던 나의 끼를 마음껏 발산할 수 있는 장이나 마찬가지였다.

처음부터 유명해지고 싶다는 욕심으로 시작한 것은 아니다. 하지만 일단 게시글을 올리면 반응을 기대할 수밖에 없는 게 SNS 생태계다. '좋아요'가 눌리고 댓글이 달리면서 누군가 내 콘텐츠를 즐겨준다는 것에 대한 희열이 느껴지기 시작했다. 내가 사람들과 소통하고 있다는 증거였고, 쌓이는 '하트'가 바깥세상과 나를 이어주는 유일한 끈 같기도 했다. 어떻게 하면 더 많은 관심과 반응을 얻을 수 있을까? 전략적으로 치밀하게 고민한 것이 아니라 그냥 본능적으로 여러 가지 콘텐츠를 만드는 걸 즐겼던 것 같다.

사람들에게 나라는 사람을 보여주기 위해서 가장 대표적으로 내세울 수 있는 건 우선 내가 수영 선수라는 점이었다. 수영 선수는 나의 정체성이었고, 남들과 차별화되어 관심을 끌 수 있는 특징이기도 했다. 하지만 내가 주로 공략한 콘텐츠는 오히려 뷰티나 패션이었다. 당시에는 '비바비디오'로 편집하는 게 유행했는데 엽사와 꾸민 사진을 같이 올려서 갭 차이를 보여주기도 했고, 화장법을 공유하면서 새로운 정보를 나누기도 했다. 평소에 그림 그리는 걸 좋아해서 화장하는 데에도 재능이 있었는데, 평소와 다른 색다른 메이크업 사진을 올리면 반응이 좋았다.

무엇보다 댓글로 소통할 수 있는 콘텐츠를 자주 올렸다. 멋진 패션보다 있는 그대로의 못 입는 패션을 올리

면서 '중딩은 다들 패피인데 나만 옷 못 입는 거야?' 하
고 서로 경험담을 공유하거나, '사진 130장 중에서 정
상적인 15장을 찾아보세요' 하고 댓글을 유도하기도
하는 식이었다. 정제된 틀을 따르는 콘텐츠보다는 정
해진 포맷 없이 자유롭게 공감할 수 있는 콘텐츠를 주
로 다루는 편이었다.

특히나 운동선수이면서 뷰티 콘텐츠를 다루거나 새로
운 모습을 보여준다는 점에서 또래에게 좀 특이한 면
모가 어필되었던 것 같다. 그래서인지 처음 게시글을
올렸을 때부터 꽤 활발한 반응이 왔고, 반응이 좋으니
까 신나게 다음 콘텐츠를 고민하면서 고2 때까지 거의
20만 팔로워를 모았다. 현실의 학교생활에서는 외톨이
였지만, SNS에서는 나름 성공적인 데뷔였달까?

다만 그때는 SNS가 막 등장하던 시기라 지금처럼 SNS
스타를 인플루언서라고 인정해주는 분위기가 아니었

고, 특히 청소년 사이에서는 더욱 그랬다. 당시 페이스북을 사용하는 연령대 중에서 아마 내가 가장 어린 축이었을 것이다. 앞에서 이야기했듯이 어려움도 많이 겪었다. 일부에서는 소위 말해서 '무슨 연예인이라도 되느냐'는 식으로 SNS에서 유명세를 얻는 것 자체를 하찮게 보는 경향이 컸다. 그때 유명했던 '얼짱시대' 댓글만 봐도 긍정적인 반응만큼이나 헐뜯는 댓글이 심각했다. 아마 시기와 질투도 없지 않았을 것이다.

내 페이스북이 유명해지면서 학교에서도 온라인과 오프라인 가릴 것 없이 비난의 목소리가 날아오기 시작했다. 그때는 학교에서 화장하면 안 된다는 교칙이 있었기 때문에 뷰티 콘텐츠가 나이에 맞지 않는다는 비난도 보였지만, 제일 비중이 큰 건 '꾸며도 안 예쁘다'는 것이었다. 키나 골격이 크기도 했고 운동선수를 하다 보니 교복 사이즈도 크게 맞춘 편이었는데, 크게 입은 교복조차 또래에서 생각하는 미의 기준에 맞지 않으니 SNS에서 예쁘다는 소리를 듣는 게 보기 싫었을지도 모르겠다.

하지만 현실에서 고립될수록 나에게도 무언가 즐거움과 성취감을 느낄 만한 일이 필요했고, 페이스북은 잠시나마 현실을 잊을 수 있는 나의 탈출구였다. 악플도 많이 달렸지만 적어도 팔로워나 '좋아요' 숫자는 올라갔다. 설령 그게 안 좋은 관심이라고 해도, 그릇된 사랑이라고 해도 SNS의 숫자는 내가 사랑받고 있다고 믿을 수 있는 유일한 수단이었다. 사람들이 싫었지만 사랑은 간절했고, 나를 겨우 숨 쉬게 했다. 그게 내가 크리에이터로서의 길을 걷기 시작한 첫 계기가 되었던 셈이다.

바디 프로필이
나에게 남긴 것들

입시 때 수영을 그만두긴 했지만, 대학에서는 스포츠 과학과에 진학했기 때문에 해부학, 생리학, 영양학 같은 걸 배웠다. 그런데 나는 그때쯤 체육 자체가 지긋지긋해졌다. 뭔가 다른 길을 찾기는 해야 하는데, 뭘 해야 할까? 그나마 다른 흥미가 있다면 중학생 때부터 하던 SNS였다. 입시 준비를 하면서 잠시 그만두긴 했었지만 막연하게 다시 시작해야겠다는 마음이 있었고, 대학을 휴학한 이후에는 크리에이터로서 무언가 해보겠다는 결심을 하면서 앞으로의 방향성에 대해 한층 진지한 고민을 시작했다.

다만 이 시점에서 내가 과연 사람들에게 무엇을 '셀링' 할 수 있을지 좀처럼 가닥이 잡히지 않았다. 한번 해봤기 때문에 더 쉽게 할 수도 있겠지만, 아무것도 모를 때 시작했던 마음과 자신감이 떨어진 채로 다시 시작하는 마음은 또 달랐다. 특히나 SNS에서 반응을 얻으려면 일단은 말라야 한다는 강박감이 있었는데 내 몸은 이미 너무 뚱뚱했다. 나는 예쁘지도, 마르지도 않았고, 심지어 이제 수영 선수도 아니었다.

그래서 차라리 그 김에 도전한 게 바디 프로필이었다. 그즈음에 인스타그램과 틱톡 같은 새로운 플랫폼이 떠오르기 시작했다. 처음에는 감을 못 잡고 방황했지만 틱톡에서 먼저 반응이 오기 시작했고, 유튜브도 숏폼이 도입되면서 점점 반응이 좋아지며 구독자가 4, 5만

명쯤 생겨났다. 여기에서 더 성장하려면 터닝 포인트가 될 만한 무언가가 필요하다고 생각했다.

당시 바디 프로필이 한창 유행하고 있었고, 나도 체대 출신이니 해볼 만할 것 같았다. 어차피 본격적으로 SNS를 하려면 일단 말라야 한다고 생각했기 때문에 동기 부여나 목표는 확실했다. 그렇게 목표는 100일로 설정하고 바디 프로필 준비를 시작했다.

그땐 아직 폭식증이 있는 상태였기 때문에 운동보다는 당장 식단부터 하는 게 급했다. 폭식증은 말 그대로 식이장애 증상이지만 나는 식욕이 안정된 상태에서도 기본적으로 많이 먹을 수 있는 사람이었다. 한창 운동하던 중학교 때는 라면 다섯 개에 피자 한 판, 치킨 한 마리를 혼자서 다 먹을 정도였고 고기는 10인분까지도 먹었다.

사실 선수 시절에는 그렇게 먹어도 괜찮았다. 배부르게 먹었으면 이제 운동하러 나가면 된다. 그런데 성인이 된 지금은 먹는 습관이나 양은 그대로인데 거기에 폭식증이 더해져 마구잡이로 먹는 데다가, 운동까지 그만뒀으니 살이 찌는 건 너무 당연한 수순이었다.

선수 생활을 하면서 어느 정도 관리를 했던 경험은 있지만 오로지 살을 빼기 위한 극단적인 식단을 해보는 것은 처음이었다. 우리 몸의 기초대사량은 말 그대로 생존을 위해 소비되는 열량이기 때문에 원래는 기초대사량 이상을 섭취해야 정상적인 대사를 할 수 있는데, 기초대사량을 넘기지 않도록 딱 맞게 식단을 조절했다. 샐러드 100g, 과일, 닭가슴살, 다이어트 도시락 같은 걸 주로 먹었다. 다행히 기본적으로 근육량이 많아서인지 살은 잘 빠졌다.

하지만 정신적으로 공허한 건 여전한데 먹는 것으로

충족시킬 수 없게 되니 그 자체가 심한 고통이었다. 바디 프로필을 준비하는 100일 동안 그야말로 울면서 버텼다. 내 몸을 건강하게 만들겠다는 마음보다 이 일을 하려면 마르지 않으면 안 된다는 정신력으로 견뎌냈다. 영상 속에서는 체대생으로서 어렵지 않게 목표 달성을 해내는 모습을 보여주고 싶어 너무 힘들어하는 티를 내지는 못했지만, 스트레스를 풀 만한 다른 탈출구가 없다 보니 하루 종일 스스로를 억압하는 상태였다. 30일 정도가 남았을 때는 식단을 더 클린하게 하면서 박차를 가해야 한다고 생각하면서도, 한밤중에 친구에게 울면서 전화한 적도 있었다. 나 정말 뭔가 너무 먹고 싶어, 속이 너무 허해…….

하지만 이미 영상에서 살을 빼겠다고 저질렀으니 안 할 수도 없었다. 언제까지 도태될 수는 없는 노릇이었고, 내게 남은 길은 이것뿐이라고 생각했기 때문에 나도 간절했다. 그렇게 결과적으로 100일 만에 65kg까지 거의 13kg가 빠졌다. 이 정도면 성공이라고 할 수 있을까? 2020년 12월 23일에 목표했던 바디 프로필을 무사히 찍었다.

하지만 나는 지금도 바디 프로필에 도전했던 걸 후회한다. 바디 프로필은 애초에 보디빌더가 바디 체크를 하고 기록하기 위한 것인데, 어느 순간 많은 일반인이 최대한 마른 몸을 만들어 사진을 찍는 것으로 변질된 것 같다. 운동을 꾸준히 해서 멋진 몸으로 바디 프로필을 찍는 사람들도 있지만, 그 수준을 넘어 일반인들이 유지하기에는 너무 가혹한 상태까지 몸을 혹독하게 밀어붙이는 경우도 많다.

운동을 그렇게 오래 해왔는데도 100일 동안 거의 식단으로만 살을 뺐더니 살은 빠졌지만 근육량이 부족해서 결과물도 완전히 만족스럽지 않았다. 오히려 그때의 사진이 온라인에서 성적으로 희화화되는 일도 생겼다.

수영 선수는 원래 수영복을 입고 노출하는 게 자연스러운 일이라 별생각이 없었는데, 수영복이나 노출 자체가 사람들에게 굉장히 자극적인 콘텐츠가 될 수 있다는 걸 새삼 느꼈다.

무엇보다 바디 프로필을 찍기 위해 살을 뺀 건 내 삶에 건강한 습관을 만드는 일이 아니라 그저 스쳐 지나가는 이벤트였다. 나는 몸 만드는 걸 좋아하는 성격도 아니었고, 준비하는 과정 자체가 고통일 뿐이었다. 당일 저녁에 바로 치킨에 술을 먹으면서 자축한 것까지는 좋았는데, 식단을 멈추니까 당연히 몸은 원래 상태로 되돌아가려고 했다. 그리고 바디 프로필 이후에 많은 사람들이 경험하는 것처럼 나에게도 요요가 심하게 오고 말았다. 그 후 1년 동안 다시 75kg까지 살이 쪘다. 요요가 오면서 또 악플이 달리기 시작했고, 점점 화장이 두꺼워지는 내 모습에 나 자신도 괴리감을 느끼게 됐다.

결국 나는 무엇을 위해서 이 도전을 했고, 바디 프로필은 나에게 무엇을 남긴 걸까? 100일간의 목표 달성이라는 순간적인 만족감은 있었지만 그건 정말 짧았다. 마른 내 몸을 사랑할 수 있을 줄 알았는데 맞지 않는 옷을 입으려고 무리하는 내 모습은 사랑스럽지 않았다.

더 이상 나까지
나를 미워할 수는 없다

바디 프로필을 찍으면서 살이 많이 빠지기는 했고, 그 즈음에는 연애도 시작하게 되었다. 아무래도 어리고 연애 경험도 별로 없다 보니 연애에 대한 기대나 환상도 많았다. 그동안 사람들에게 상처도 많이 받고 불안정한 시간을 겪어봤기 때문에 연애를 통해 비로소 안정감을 느낄 수 있을 줄 알았다.

하지만 여전히 사람 보는 눈이 없었던 걸까? 나의 연애는 내가 바랐던 것과는 전혀 다르게 흘러갔다. 물론 모든 연애가 그렇듯 처음에는 좋았고 아무 문제도 없었다. 아마 내가 바디 프로필을 준비하면서 열심히 관리하는 모습이 그에게 좋아 보였던 것 같다. 하지만 그가 좋아한 나의 모습은 그게 전부였다.

바디 프로필을 찍고 난 직후에는 살이 많이 빠졌기 때문에 평생 처음으로 이제 뚱뚱하지 않다고, 먹어도 된다고 안심했다. 그때가 랜디스 도넛이 처음 출시됐을 즈음인데, 그걸 촬영 소품으로 쓰면서 나는 이미 도넛의 냄새에 지배당한 상태였다. 끝나자마자 가장 큰 크기의 박스를 사서 열 몇 개를 한자리에서 다 먹었다. 먹을 때는 마냥 행복하고 홀가분했다. 하지만 운동으로 건강하게 감량한 것이 아니다 보니 나도 식단을 그만두면 요요가 온다는 불안감은 분명히 있었다.

더구나 100일 동안 음식을 억지로 참은 대가는 큰 후

폭풍으로 나를 덮쳤다. 오늘이 아니면 안 될 것처럼 원래 먹던 양보다 훨씬 많은 양의 음식을 먹었다. 폭식증을 고친 것도 아니라서 여전히 마음의 공허함이나 스트레스가 찾아오면 나도 모르게 먹을 걸 찾았다. 과자를 한자리에서 대여섯 봉지씩 먹고, 프링글스 한 통 정도는 순식간이었다. 원래도 떡볶이를 좋아하는데 떡볶이 2인분에 치즈 김밥, 컵밥, 튀김까지 세트로 시켜서 혼자 다 먹은 적도 있었다. 배부른 감각을 느끼는 것과 상관없이 그야말로 목 끝까지 음식이 차올라 더 이상 먹지 못하겠다는 느낌이 들 때까지 먹었다.

바디 프로필 이후 반응은 좋았지만, 콘텐츠에 대한 정체성을 찾지 못하면 계속해서 비슷한 종류의 다이어트 영상으로 유입을 이어가야 한다는 스트레스도 압박감으로 작용했다. 다이어트를 계속하려니 이때 아니면 못 먹는다는 생각이 반복되는 게 제일 문제였을 것이다. 먹으면서도 스트레스가 쌓이는 상태이기 때문에

단 걸 먹어서 스트레스를 풀자는 생각으로 마카롱 같은 간식도 자주 샀다.

20개씩 세트로 살 때는 집에 두고 조금씩 나눠 먹자는 생각인데, 막상 집에 들어오면 어딘가 자꾸 허전해서 혼자 끊임없이 먹다 보니 마카롱 10개, 15개도 순식간에 사라졌다. 내가 살이 찌기 시작하자 자존감을 건드리는 주변 사람들이나 남자친구의 발언도 이어졌다. 요요가 오니까 어느 순간부터 그는 서슴없이 거친 폭언을 내뱉는 사람이 되었다. 이건 안정감이 아니라 또 다른 지옥을 선사하는 연애였다.

바프 찍었을 때 몸이면 모르겠는데 지금 몸을 보면 너 못 사랑할 것 같아.

그 말을 들으니 나를 위해 더 이상 이 연애를 지속하면 안 된다는 사실이 분명해졌다. 결국 그걸 마지막으로 관계를 끊어냈지만 어쩔 수 없는 깊은 상처가 남았다. 그렇지 않아도 마음속에 우울감이 자리 잡고 있는데 내가 '뚱뚱하다'라는 인식에 쐐기를 박은 것이었다. 그 말은 방심하고 있을 때면 언제든 수면 위로 올라와 나를 다시 괴롭혔다. SNS에서 '살찐 것 같다'는 댓글만 봐도 그 말이 떠올랐다. 날 선 댓글은 적어도 온라인이라는 한 겹의 벽 너머에서 들려왔지만, 전 남자친구의 말은 생생한 현실이었다. 오래도록 그 말이 나에게 트라우마로 남았고, 오랫동안 나 자신을 검열하게 했다.

다시 살이 찌고 있는 내 모습이 나도 싫었다. 그럼에도 몸이 감당할 수 없을 만큼 먹었으니 다음 수순은 짐작하실 것이다. 폭식증에 이어 흔한 후유증이 나에게도 찾아왔다. 바로 '먹토'였다. 먹고 바로 토하면 없었던 일이 되지 않을까? 처음에는 그냥 어쩌다 술을 왕창 먹고 토하는 것과 비슷하다고 가볍게 생각했지만 토하는 건 고통스러웠고, 그걸 반복하는 건 더욱 최악이었다.

토하고 나면 목의 피로도가 높아져서 말을 할 때 목소리까지 변조되는 느낌이 들었고, 배 안쪽이 욱신거리면서 쓰리고 무릎까지 시린 듯했다. 무엇보다 토한 후에는 기절할 것처럼 기운이 빠지고 힘이 하나도 없었다. 당연히 몸에 좋지 않다는 걸 알면서도 그걸 멈출 수가 없었다. 가족들 모르게 방에서 엄청난 양을 혼자 먹어치우고, 그리고 티가 나지 않게 조용히 토하는 걸 반복했다.

심할 때는 하루에 세 번씩 토할 때도 있었다. 그때는 내 의견을 잘 말하지도 못할 때라서, 주변에서 하는 말 한마디 한마디가 스트레스였다. '왜 이렇게 조금 먹어?' 하면 내가 덩치가 큰데 적게 먹는 게 웃긴가 싶어서 더 먹다가 토하고, '왜 이렇게 잘 먹어?' 하면 또 그것대로 돼지처럼 보이나 싶어 먹은 걸 다 토하는 것이다. 별거 아닌 말일 수도 있는데 너무 주변을 예민하게 의식하다 보니 모든 말이 내 몸에 대한 평가처럼 들렸다.

그렇게 3, 4개월쯤 지나니까 토한 직후가 아니어도 몸에 전반적인 이상 신호가 오기 시작했다. 실시간으로 건강이 정말 안 좋아지는 느낌을 받았다. 운동하면서 자잘한 부상은 겪어봤어도 크게 다친 적 없이 건강한 편이었고, 아침 9시에 롯데월드에 입장해서 퇴장 시간까지 놀아도 멀쩡할 만큼 체력은 원래 자신 있었다. 에스컬레이터도 타지 않고 계단으로 걸어 다닐 정도였는데 살면서 이렇게까지 체력이 떨어지는 느낌은 처음이었다.

예전에는 밤늦게까지 놀면서 피곤해하는 언니들을 이해하지 못했는데, 이젠 나도 외출을 한번 하면 체력적으로 방전되고 머리도 잘 안 돌아가는 것 같았다. 10개월 즈음부터는 생전 안 나던 두드러기도 나고 이명까지 들렸다. 몸에 문제가 있는 것 같기는 한데, 내가 자의적으로 토한 걸 상담하려면 어느 병원을 가야 할까. 내과? 정신과?

먹토를 시작한 지 거의 1년 가까이 됐을 때, 이게 기분 탓인지 정말 건강이 나빠지고 있는 건지 걱정돼서 의사인 사촌 언니에게 상담하고자 먹토를 하고 있다고 고백했다. 그러자 언니에게 정말 장문의 문자가 왔다. 먹토를 계속하면 건강에 문제가 생기는 건 물론이고 심하면 식도암도 생길 수 있으며, 그런다고 살이 빠지지도 않을뿐더러 구강구조 변형으로 얼굴형이 달라지면서 오히려 못생겨지는데 정말 계속할 것이냐는 경고의 메시지였다.

나도 막연하게 알고 있던 이야기지만 그 심각성을 의사의 목소리로 명료하게 전해 들으니 나도 덜컥 겁이 났다. 더구나 사촌인 가족이 하는 말인 만큼 심각하게 나를 걱정해주는 게 느껴져서 먹토를 안 하려고 노력하겠다고 단단히 약속했다. 그날부터 '먹토를 하면 건강에 안 좋은 점'을 휴대폰 배경화면에 설정해놨다. 해로운 걸 모르고 하는 건 아니었지만, 적어도 수시로 경각심을 가지기 위해서였다. 정말 이대로 머물러 있을 수는 없었다. 남이 나를 사랑해주지 않는다고 해서 더 이상 나까지 나 자신을 미워하고 싶지 않았다.

바꿀 수 없는 건
좀 내버려 두자

언제부턴가 온 세상이 '너 자신을 사랑해줘!'라고 외치고 있는 것 같다. 소셜미디어에서도, 책을 펼쳐도 '너는 사랑받을 자격이 충분하다'라고 토닥인다. 어쩌면 그만큼 모두에게 위로가 필요한 세상인지도 모르겠다. 다만 분명한 건 인생의 어떤 암울한 시점을 지나고 있을 때는 그 어떤 위로도 내 마음에 와닿지 못했다는 점이다. 날 사랑하라는 말은 너무 막연할 뿐이었다. '사랑을 노력한다는 게 말이 되니' 묻는 어느 노래 가사처럼,

사랑이 샘솟지 않는데 어떻게 사랑하라는 말인가. 방법을 알 수가 없었다.

내가 나를 예쁘다고 생각하지 않으니 때론 '예쁘다'라는 칭찬마저 하나의 철창 같았다. 밑 빠진 독에 물을 붓는 것처럼 남들의 눈에 예뻐 보이기 위한 기대치를 충족시키기 위해서 나는 계속 발버둥 치고 있을 뿐이었다. 당연히 기대치를 충족시킬 수 있는 순간보다 실망시켜야 하는 순간이 많았고, 그건 매번 나에게 크고 작은 상처가 되어 날아와 박혔다.

외모가 장점이 되는 건 '하이 리스크 하이 리턴'이 아니라 그냥 잘해봐야 본전인 '하이 리스크'였다. 예쁘다는 기준이 각기 다른데 모두에게 예뻐 보이는 것이 불가능하다는 것을 지금의 나는 너무나 잘 안다. 하지만 그때는 내가 어떻게 해도 남들의 기대치를 충족시킬 수 없다는 사실이 그저 버겁고 슬펐다.

자존감이 점점 바닥으로 떨어지고 있던 그때 나에게 도움이 된 문구는 따로 있었다. 어디선가 우연히 보게 된 '가장 바보 같은 일은 바뀔 수 없는 일에 집착하는 것'이라는 문장이었다. 그때 머리를 한 대 맞은 것처럼 정신이 번쩍 들었다. 방 안에 오도카니 앉아서 스스로에게 물었다.

그래, 내 몸을 바꿀 수는 없잖아. 뼈를 깎아낼 수도 없지. 그런데 평생 그거 때문에 우울감에 절여져서 살 거야, 은솔아?

나를 사랑하려면 먼저 나를 있는 그대로 받아들여야 했다. 그러니까 죽었다 깨어나도 내가 장원영이 될 수는 없다는 사실을 말이다. 지금까지 나는 사람들에게 보여줄 수 있는 매력의 기준을 오로지 외모에만 두고 살아왔던 건 아닐까. 그런데 당장 정신을 차리고 주변을 둘러보면 누군가는 공부를 잘해서 교수가 되고, 누군가는 재치 있는 말로 사람들을 웃겨주고, 또 배려와 사교성을 바탕으로 훌륭하게 MC를 보는 사람들도 있다. 자신의 다양한 강점을 바탕으로 커리어를 쌓아가는 모습이, 그저 외모에 집착하던 내 모습보다 훨씬 멋있어 보인다는 걸 그제야 알았다.

바꿀 수 있는 건 바꾸되, 그럴 수 없는 걸 붙들고 100세 시대를 평생 살아가는 건 너무 어리석은 일이었다. 날 싫어하는 사람, 내가 못생기고 뚱뚱하다고 생각하는 사람들의 잣대에서 벗어나려면 포기할 건 포기해야 한다는 생각이 들었다. 애써 예쁘지 않은 나를 사랑하려고 애쓰는 것이 아니라, 예쁘지 않아도 어쩔 수 없다고 생각하는 게 오히려 바닥까지 떨어진 내 자존감이 슬그머니 고개를 드는 데 도움이 됐다. 예뻐야 한다는 데에 집착할 시간에 내가 잘할 수 있는 다른 장점을 살려서 나의 셀링 포인트로 삼을 수 있어야 하지 않을까.

크리에이터로서 내가 뭘 할 수 있을지 다시 처음부터 되짚어보기 시작했다. 내가 잘할 수 있는 건 뭘까. 남들보다 수영은 좀 잘하고, 성실하고, 표정이 다양하고, 또 언제 어디서나 기죽지 않고 말도 좀 잘하는 거? 최대한 내 장점을 살려서 숏폼 콘텐츠를 제작하기 시작했고 점차 반응이 왔다.

물론 내가 오랫동안 스스로에게 세웠던 잣대, 나도 모르게 남들을 바라보던 시선을 바꾼다는 것이 마냥 쉽지는 않았다. 휴학하는 동안에 콘텐츠 제작에 더 집중적으로 힘쓰면서 다양한 크리에이터들을 만날 수 있는 대외 활동도 많이 했는데, 나도 모르게 그들을 보면서 '저 사람은 여행 유튜버처럼 안 생겼네?'라고 생각하고 있다는 걸 깨닫고 화들짝 놀란 적도 있다. 여행 유튜버처럼 생기려면 어떻게 생겨야 한단 말인가?

그런데 크리에이터로서 만난 다양한 사람들은 누구 하

나 내 몸매를 평가하거나 배척하지 않고, 오히려 커리어에 대한 면모를 인정하고 존중해주었다. 외모가 아니라도 내가 인정받을 수 있는 영역이 있구나. 외모가 전부가 아니라, 나를 이루는 또 다른 부수적인 요소들이 나를 채워주고 나를 매력적으로 보이게 한다는 것을 조금씩 깨달았다. 사회에서 말하는 미의 기준에 맞지 않아도 나만의 다른 매력을 가꿀 수는 있는 것이다. 그렇게 내 얼굴도, 몸매도 바꿀 수 없다고 자신을 포기하는 순간, 아니 인정하는 순간, 나는 비로소 나로서 살수 있게 되었다.

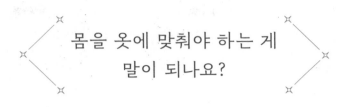

몸을 옷에 맞춰야 하는 게
말이 되나요?

유튜브에서 바디 프로필에 도전한 이후로 한동안 다이어트는 나의 끈질긴 딜레마가 되어 있었다. 콘텐츠 방향성에 대해서 하나의 터닝 포인트가 되며 반응을 얻기는 했지만, 그 말은 앞으로도 비슷한 성격의 다이어트 콘텐츠를 지속해야 한다는 뜻이기도 했다. 더 이상 운동선수도 아닌 내가 이렇게 고통받으면서 다이어트를 계속하는 게 맞을까? 내가 크리에이터로서 할 수 있는 건 정말 이것뿐일까?

그러다 하루는 휴학한 대학에 놀러 갔다가 해부학 교수님을 만났다. 크리에이터로서 미래에 대해 고민을 하고 있는데, 사람들에게 무엇이든 보여주려면 우선 살부터 빼야 할 것 같다고 솔직하게 토로했더니 교수님이 이런 말씀을 해주셨다.

한국 사람들이 되게 말랐다고 생각하지? 그런데 한국에 실제로 마른 체형이 그렇게 많지 않다는 거 알고 있니? 심지어 네가 생각하는 만큼 마른 몸은 직업적으로 관리하는 사람들이 아닌 이상, 비만이랑 마찬가지로 건강하지 않은 몸일 수 있어. 네가 사람들에게 보여주고 싶은게 그렇게 건강하지 않은 몸이니?

그 말을 들으니 갑자기 정신이 들었다. 그래, 사람의 체형이 얼마나 다양한가. 건강하지 않을 만큼 마른 몸이 워너비라는 건 애초에 성립할 수 없는 말이다. 거기에 인공지능까지 등장할 만큼 기술이 발전하고 있는 시대에 꼭 사람이 옷에 몸을 맞춰야 할까? 내가 사람들에게 보여주고 싶은 게 정말 그런 메시지인가? 휴학 이후로 나도 세상을 보는 시각이나 나에 대한 가치관이 조금씩 바뀌고 있던 차였기에, 내가 유튜브로 보여주고 싶은 콘텐츠에 대해서도 처음부터 다시 생각해보게 됐다. 내가 추구하는 채널의 방향성이 무엇인지 다시 짚어보고, 대외 활동을 하면서 만난 사람들에게 조언도 구하며 내가 가진 문제점을 찾아봤다.

나는 바디 프로필에서 가지를 뻗은 다이어트 콘텐츠를 보여주고 싶은 게 아니라 나라는 사람 자체가 하나의 콘텐츠가 되고 싶었다. 그러려면 일단은 사람들이 어떤 정보나 니즈를 통해서 나라는 사람을 접하고 유입될 필요가 있었다. 어떤 크리에이터를 떠올렸을 때 바로 그 사람의 대표적인 아이템이나 카테고리가 연결되듯, 나를 표현할 수 있고 내가 잘할 수 있는 확고한 콘셉트를 통해서 또렷한 방향성을 잡아야겠다는 생각이 들었다. 그때 떠오른 게 바로 패션이었다. 옷에 대해서라면 정말이지 할 말이 많았다.

어릴 때부터 옷을 참 좋아하기는 했지만, 막상 사러 가는 건 항상 부끄러웠다. 똑같이 살이 쪄도 키와 골격 때문에 덩치가 더 커 보이는 것도 스트레스였다. 남들만큼 작은 사이즈의 옷을 입지 못한다는 게 창피하게 느껴졌던 것 같다. 특히 교복을 맞추러 가면 주변에 또래 아이들도 많은데, 사이즈를 묻는 직원분에게 '100이나 105 사이즈 주세요……'라고 말하는 게 너무 싫었다. 엄마랑 백화점에 가면 거기에 진열되어 있는 옷들은 다 작아 보였다. 안 맞을 게 뻔한 옷을 입어보고 싶지도 않고, 예쁜 옷이 아니라 사이즈가 맞을 만한 옷을 찾아야 하는 과정 자체가 나를 위축시켰다.

내가 또래보다 덩치가 크기도 했지만, 또 한편으로는 내 체형 자체가 좀 특이하기도 하다. 운동을 해서 어깨가 넓기도 하고, 골반이 큰 편이라 바지 길이로 사이즈를 맞추면 허리는 또 줄여야 한다. 키가 크니까 원피스나 치마가 짧아지는 것도 콤플렉스였다. 엄마가 빅사이즈 쇼핑몰을 하셨고 패션 센스가 좋으셔서 어릴 때는 그냥 사주시는 대로 입고 다니다가, 중고등학생 때부터는 온라인 쇼핑몰에서 하루 종일 상세 사이즈를 들여다보며 검색했던 기억이 난다.

그 와중에 옷에 관심이 많으니 영등포 지하상가에 자주 놀러 갔다. 거길 가면 각종 옷가게가 쭉 늘어져 있는데, 가격도 저렴한 편이라서 내 또래 친구들이 쇼핑하러 많이 왔다. 그런데 나는 막상 가도 한 걸음 떨어져서 구경만 하던 기억뿐이다. 너희는 많이 사렴, 나는 옷이 몸에 들어가지도 않는단다.

그래도 어릴 때는 체형에 맞지 않을지언정 전반적인 옷 사이즈가 이렇게까지 작지는 않았던 것 같은데, 어느 순간부터는 옷 사이즈가 점점 더 작아지고 있는 것 같다. 어떤 옷이 예쁘다 싶어서 살펴보면 사이즈는 스몰에서 미디움까지밖에 없거나, 프리 사이즈인데 상세 사이즈를 살펴보면 결국 스몰인 경우도 많았다. 또 어떤 SPA 브랜드에 가면 아시안 핏이 따로 나온다. 그런데 아시안 핏은 또 왜 그렇게 작은 건지, 그 많은 아시아인의 체형 중에서 대체 어떤 근거에 맞춘 기준인지도 의문이었다.

지금도 옷을 고를 때는 L, M, S 같은 사이즈만 보는 게 아니라 내 신체 사이즈와 맞는지 상세 사이즈를 꼭 확인한다. '프리 사이즈'에 대한 정확한 기준이 없기 때문에 신체 사이즈를 보는 게 가장 정확하다. 그런데 그 프리 사이즈도 결국 내 체형에는 맞지 않아서 '프리하게' 입을 수 있는 경우가 거의 없었다.

나도 분명 인바디상에서 근육량이나 체지방이 정상 범

위 내에 있는데 프리 사이즈가 안 들어가는 건 옷의 문제 아닌가? 이 21세기에, 사람 말을 찰떡같이 알아듣고 답해주는 '챗GPT'까지 등장한 세상인데 그 와중에 내가 입을 옷이 없어서 내 몸을 옷에 맞춰야 한다는 게 말이 되는 건가? 물론 사람들이 추구하거나 보편적인 체형을 맞추려는 브랜드의 입장도 이해하지만 실제로 세상에는 훨씬 다양한 체형의 사람들이 존재하는 만큼 나 같은 불편을 겪는 사람들도 꽤 있을 것 같았다.

그렇다면 이 작아지는 옷 사이에서 내가 하나의 새로운 트렌드를 만들어보는 건 어떨까. 그래서 나처럼 비교적 특이한 체형으로 고민하는 사람들이 공감할 수 있을 만한 콘텐츠를 시작하기로 했다.

일단 현실을 보여주면서 내가 생각하는 문제점을 짚어보려고 했다. 지하상가 옷가게에서 쉽게 구할 수 있는 옷을 사서 입어보고, 아이돌이 입은 옷도 따라 사서 입어보는 영상을 만들었다. 콘텐츠 시작할 때쯤에는 특히 타이트한 크롭 반팔티가 유행하던 시기라서 어딜 가든 옷이 한 줌이었다. 당연히 내 몸에 안 맞아서 꽉 끼고 작은 핏을 그대로 보여주었다. 처음에는 그게 보기 싫었는지 나를 비난하는 댓글이 많이 달렸다.

네가 뚱뚱하니까 옷이 안 맞지!

하지만 예상대로 전반적인 옷 사이즈가 너무 작아져서 옷을 고르기 힘들다는 사실에도 공감하는 분들이 많아서, 시간이 지나면서는 오히려 자신감을 얻었다. '키큰녀'들의 우상이다, '어깨 깡패'들의 빛이다, 하고 지지해주시는 분들의 많은 응원도 받았다. 아이돌처럼 가녀리고 말라야 보편적이라고 주장하는 듯한 패션 트렌드 속에 점점 불만을 느끼는 분들이 나 말고도 많다는 걸 느꼈다. 우리는 그저 그동안 세상에 목소리를 내고 있지 않았을 뿐이었다.

SNS에 몸무게를 공개한
이유

지금은 유튜브에 몸무게를 공개하는 콘텐츠도 많아지고, 운동에 대한 관심이 높아지며 몸무게 자체가 체형을 반영한다는 개념도 좀 사라져가고 있지만 불과 몇 년 전까지도 여자들에게 몸무게 질문은 거의 금기시된 분위기였다.

나에게도 어릴 때 몸무게 공개는 그저 수치스러운 일이었다. 선수 생활을 할 때는 아침저녁으로 몸무게를 체크하게 되어 있었다. 나를 주로 왕따시키고 괴롭히던 아이들은 밀착 관리가 필요하지 않은 마른 몸이어서 그 아이들이 내 몸무게를 검사해서 코치님에게 보고했다. 몸무게가 늘면 뭘 먹었는지, 어떤 이유인지 피드백을 받는 건 선수로서 당연한 일이었지만 그 아이들은 당연히 몸무게 체크에서 그치지 않고 인신공격을 이어갔다. 코치님이나 선배도 아니고 나를 싫어하는 아이들이 '페북이랑 너무 다른데?', '쟤는 돼지야?' 하고 한마디씩 얹는 걸 견디는 건 고통을 넘어 내 자존감을 꾸준히 깎아내렸다.

학교에서 신체검사를 할 때도 선생님이 아니라 몇몇 학생들이 몸무게를 체크하는 경우가 있는데, 나를 싫어하던 언니는 유독 내 몸무게만 크게 소리 내어 읽었다. 지금 생각해보면 키나 체구가 작은 친구들은 체중이 낮게 나오는 것이 당연하고, 나는 키가 크기 때문에 정상 체중치 자체가 높을 수밖에 없다. 게다가 운동을 하니까 근육량이 많아서 보이는 것보다 몸무게가 더 나올 수 있는데, 그때는 막연히 몸무게가 많이 나가면 다들 '살이 찐 돼지'라고만 생각했다. 덕분에 내 몸무게는 나에게 항상 부끄럽고 수치스러운 숫자였다.

그런데 내 체형으로 다양한 옷과 스타일을 보여주는 콘텐츠를 기획하면서, SNS에 공개적으로 몸무게를 공개하기로 결정했다. 사실은 페이스북을 시작했던 중학교 시절부터 생각했던 콘텐츠이기는 했다. 그때도 내 체형이 좀 특이하다는 생각에 몸무게의 절댓값이 전부는 아니라는 말을 꼭 하고 싶었다. 하지만 사춘기 시기에 부끄러워서 차마 몸무게를 공개할 수 없었는데, 성인이 되고 내 몸이 문제가 아니라는 생각의 전환을 하면서 용기를 내기로 했다.

솔직히 말해서 그때 마음도 마냥 쿨했던 것은 아니다. 여자 몸무게가 50kg대가 넘으면 뚱뚱한 것으로 보는 사회적인 인식이 아직도 강했고, 실제로 내 몸무게를 공개하니 돼지라든가, 징그럽다는 식으로 노골적인 악플을 다는 사람들도 있었다. '뭐, 징그러워도 옷은 입고 살아야 할 거 아니에요?'라고 최대한 담담하게 넘겼다. 어차피 내가 뭘 하든 싫어하고 미워할 사람은 있을 텐데, 그런 시선에 맞추느라고 이미 내 10대를 다 보낸 거나 다름없었다. 20대가 되어서도 그렇게 살다가는 내가 먼저 지쳐서 죽을지도 몰랐다.

무엇보다 우리가 생각하는 건강한 체형의 기준에 대해서 문제 제기를 하고 싶었다. 나도 내 몸무게의 절댓값이 너무 높다고만 생각했는데, 실제로 신체에 대해 공부하다 보니 내 키와 근육량에 내 몸무게가 결코 문제가 될 만한 수준이 아니라는 걸 확실히 알게 됐다. 나는 중3 때쯤 60kg 초반에서 살이 제일 많이 쪘을 때는 75kg까지 나갔지만, 폭식증에서 어느 정도 벗어나서 정상 체중을 유지할 때에는 대부분 60kg대였다. 보통

사람들이 숫자로만 60kg가 넘는다고 하면 굉장히 뚱
뚱한 몸이라고 생각하고, 내 영상에는 '여자 몸무게가
55kg가 넘으면 돼지'라는 댓글도 많이 달린다. 하지만
내 몸이 건강에 문제가 없는 정상적인 체형이라는 사
실을 학문적으로 다시 확인하고 나니, 사람들의 인식
을 조금이라도 바꿔주고 싶었다. 사람의 몸무게는 뼈
와 장기, 근육, 지방 등이 골고루 구성하고 있는데 단순
히 숫자로만 바라보고, 또 그걸 부끄러워해야 하는 문
화도 안타까웠다.

내가 현실적인 정상 체중과 체형의 다양성을 알리고
자 하는 목적으로 몸무게를 공개한 이후, 실제로 몸무
게에 대해 기존에 가지고 있던 인식이 바뀌었다는 댓
글 반응이 많았다. 제목에서 '70kg 여자'라는 키워드를
보고 굉장히 뚱뚱한 고도 비만일 줄 알았는데 생각과
다르다는 걸 깨달았다는 이야기가 대부분이었다. 그런
사람들이 하나둘 생기는 것만으로도 현실적인 몸무게

에 대한 편견을 없애는 데에 작은 기여나마 한 것 같아 뿌듯했다.

특히 어디서든 몸무게를 말하기 부끄러웠는데 정상적인 몸무게이기 때문에 이제 당당하게 말할 수 있게 되었다는 분들을 보면 나도 마음이 한결 가벼워졌다. 남자친구가 사이즈가 안 맞는 걸 알면서도 큰 옷을 사면 여자친구의 기분이 나쁠까 봐 자꾸 작은 옷을 사왔는데, 내 영상을 같이 보면서 사이즈에 대해 허심탄회하게 이야기할 수 있게 되었다는 분도 있었다. 특히 남자분들은 여자친구가 말랐으니까 당연히 40kg대일 거라고 생각했는데, 몸무게와 체형은 별개라는 걸 알게 되어서 옷 선물을 할 때도 참고가 된다는 피드백을 많이 주셨다.

내 기분 탓일 수도 있지만, 그렇게 몸무게를 공개하고 다양한 체형에 대해 이야기하면서부터 사람들의 편견이 깨지고 몸에 대한 인식도 조금씩 달라지고 있는 것 같다. 수요의 필요에 따라 쇼핑몰의 옷 사이즈도 조금은 다양해지는 추세가 아닌가 싶다. 몸무게를 공개하는 비슷한 콘텐츠도 많이 생기고, 내 몸을 인정하고 사랑하는 '바디 포지티브'가 좀 더 보편적으로 알려지는 데에 나도 하나의 역할을 했다고 생각한다. 내가 연예인처럼 마르거나 여리여리한 몸매가 아니기 때문에 오히려 더 친근하게 전달할 수 있었던 게 아닐까.

그 덕분인지 〈세바시〉에서 여성의 날 특집 강연으로 나를 불러주시기도 했다. 사실 몸에 대해서는 각자만의 철학이 있는 문제라서 걱정도 있었지만, 바디 포지티브에 대해서 나도 분명한 철학을 가지고 있는 만큼 그걸 전달한다는 마음으로 용기를 내어 강연을 진행했다. 다행히 공감해주시는 분들이 많아서 뿌듯했다.

생각의 전환을 위한 개개인의 노력을 바탕으로 사회적

인 인식이 조금씩 바뀌어간다면 더 많은 사람이 과거의 나처럼 스스로를 미워하지 않고 조금은 더 행복해질 수 있을 거라고 믿는다.

우리의 재능을
'분산 투자' 해보자

크리에이터로 산다는 건 타인의 관심과 소통을 바탕으로 사는 삶을 선택했다는 뜻이기도 하다. 그런데 이 일은 성공을 향한 믿을 만한 표지판도 없고, 또 꼭 노력만큼 결과가 돌아오지도 않는다. 운이 좋으면 갑작스럽게 큰 관심을 받을 수도 있지만, 당장 잘된다고 해도 미래에 대해서는 아무런 확신도 주어지지 않는다. 나도 매번 맨땅에 헤딩하듯 나아가다 보니 그런 스트레스가 없지 않았다. 내가 불확실한 일에 계속 도전하는 게 힘겨워 보였는지, 주변 친구들도 종종 걱정하는 말을 건네기도 했다.

> 그렇게 힘들면서 꼭 그 일을 해야 돼? 다른 일 해도 잘
> 할 것 같은데.

> 응, 그런데 난 영상 찍는 게 너무 재밌어. 사람들한테 사
> 랑을 주고, 또 사람들이 나를 보고 행복해하면 그게 너
> 무 좋아.

좋아하는 일과 잘하는 일 중에서 어떤 걸 선택해야 할
까? 이성적으로는 잘하는 일을 선택하는 게 성공할 가
능성이 높다고 생각하지만, 나는 좋아하는 일을 선택
한 것 같다. 좋아하는 일은 질리지 않으니까 지속할 수
있고, 또 좋아하니까 지치지 않고 더 노력할 수 있다.
그러다 보면 좋아하는 일이 언젠가 잘하는 일이 되지
않을까? 점차 내 노력이 인정받고 이 일을 계속할 수

있는 발판이 마련되면서 틀린 길이 아니라는 확신도
갖게 됐다.

예전에는 내가 뭘 할 수 있을지 막막할 때도 많았다. 어
릴 때부터 그림도 자주 그리고, 사람들 앞에 나서서 말
하는 것도 좋아해서 다재다능하다는 말을 많이 들었지
만 무엇 한 가지에 특출난 재주가 없는 게 나의 단점이
라고 생각했다. 그림도, 운동도 결국은 어중간해서 어
디에서도 최고가 되지 못할까 봐 초조했다. 그런데 어
느 순간 한 가지 일에 집중해서 정점을 찍지 않아도 성
공할 수 있는 'N잡러'들의 세상이 되었고, 다재다능할
수록 보여줄 게 많은 플랫폼도 생겼다.

수영에 인생을 걸었다가 실패해본 경험이 있어서인지,
이제 한 우물을 파는 것보다는 마치 주식을 분산 투자
하는 것처럼 내가 가진 재능도 가볍게 분산 투자해볼
필요가 있다고 생각하게 됐다. 이것저것 고루 잘하는

것도 능력이고, 정점을 찍지 못하더라도 뭐든 중간은 한다는 건 그만큼 다양한 가능성을 쥐고 있다는 말이 될 수도 있다.

요즘에는 유튜브 크리에이터를 꿈꾸는 사람들이 많아지고 실제로 자기만의 색깔이 담긴 콘텐츠가 있으면 어떤 방식으로든 성공의 길이 세분화된 세상이기도 한 것 같다. 나도 감사하게 많은 분의 관심과 사랑을 받아 즐겁게 일하고 있지만, 스스로 자신이 없던 시절에는 SNS를 업으로 하게 될 줄은 꿈에도 몰랐다. 한편으로는 일을 사랑하는 만큼 더욱 불안하기도 하다. 사람들의 관심 없이는 지속할 수 없는 일이기 때문에 더욱 그렇다.

그래도 나름대로 고민하면서 꾸준히 하다 보니 어느 시점에 틱톡에서 반응이 크게 왔고, 유튜브에서도 숏폼이 도입되면서부터는 매일 영상을 하나씩 올렸다.

똑같은 유행을 시도하더라도 남들과 다른 나만의 색을 입히려고 많이 구상했고, 그게 나름대로 차별화가 되어 급상승 동영상에도 올라가고, 1년 만에 구독자가 40만 명까지 늘기도 했다. 매일 영상을 올리는 게 쉽지 않지만, 그냥 자신과의 약속처럼 꼭 해야 한다는 집념으로 계속했다. 돈이 없는 와중에 스튜디오까지 빌리고, 많은 레퍼런스를 찾아보면서 채널의 방향성을 만들어나갔다.

지금도 1분짜리 짧은 숏폼 영상에서 아이돌 옷을 입어보는 콘텐츠 하나를 만들더라도 자료 조사를 엄청나게 한다. 수많은 아이돌 중에서도 최근 알고리즘에 잘 뜨는 아이돌을 검색해보고, 그중 킬링 파트를 소화하는 멤버가 누구인지도 파악한다. 옷을 찾는 건 가장 오래 걸린다. 기본적으로 네이버에도 검색해보고, SNS에서도 찾아보고, 그래도 안 나오면 아이돌 협찬을 많이 하는 브랜드도 일일이 들어가본다.

옷만 입어보는 것이 아니라 영상에서 재미있는 포인트를 줘야 하기 때문에 어떻게 의상을 살릴지, 또 어울릴 만한 밈이 있는지도 찾아보고 따라서 해본다. 직캠도 많이 찾아보고 댓글도 읽어본다. 보통 스튜디오를 두 시간 대여해서 영상 두세 개를 찍는데, 영상 안에 사람들이 궁금해할 만한 정보나 옷의 디테일도 담아야 하니 1분짜리 영상이지만 편집하는 데 적어도 두 시간 이상은 걸리는 것 같다. 무엇보다 옷을 소개하는 콘텐츠를 만들 때는 많은 사람의 니즈를 충족시킬 만큼 사이즈가 다양한지, 넉넉한지까지도 꼭 체크를 해본다.

유튜브에서의 성공을 단순히 알고리즘의 선택이라고 말하는 사람들이 많다. 그런데 유튜브를 성공적으로 운영하는 사람들을 보면 분명 각기 특출난 재능을 가지고 있다. 그리고 나는 나의 재능이 노력이라고 생각한다. 지금도 나는 노력이 배신하지 않을 것이라는 믿음을 가지고 있다. 다른 재능이 태어날 때부터 조금씩 가지고 태어나는 것이라면 노력은 후천적인 재능이고, 오히려 타고나는 게 아니라서 더 어려울 수도 있다. 하지만 누구나 키울 수 있는 재능을 키우지 않는다면 그것도 아까운 일일 것이다.

불확실한 미래를 불안해하지 않고 살아가는 사람이 있을까. 여전히 부단한 노력만이 내 불안을 잠재워주는 유일한 방법이다. 하지만 지금 나는 나의 일을 사랑하고, 설령 다른 일을 더 잘할 수 있다고 한들 크리에이터를 하고 있는 지금만큼 즐겁지는 않을 것 같다.

어찌 보면 SNS를 하면서 오랫동안 결핍되어 있던 사랑을 배가 부를 만큼 받고 있으니, 이건 내가 좋아하는 일이자 동시에 나에게 가장 필요한 일이었는지도 모르겠다. 나는 그 마음을 다시 사람들에게 나누고, 사랑을 원하는 아이에서 이젠 사랑을 주는 사람으로 거듭나고 싶다. 사람들이 언제까지 나를 지켜보고 사랑해줄지

모르겠지만, 적어도 봐주는 분들이 있다면 나는 언젠
가 슈퍼카 타는 할머니가 되어서 실버타운에서 틀니까
지 리뷰해볼 셈이다.

네 번째
물결

나를
쿨하고 예쁘게
사랑하는 법

뱃살이 나와도 크롭티를, 덩치가 커도 양갈래를

내가 한창 '페북 스타'라고 유명세를 타던 중3 시절에는, 세라복이 한창 유행하고 있었다. 나는 어릴 때부터 키치하고 화려하거나 귀여운 걸 좋아해서 자연스럽게 세라복에 눈이 갔다. 특히나 세라복은 카라 커팅이 어깨를 조금 작아 보이게 해주는 효과가 있어서 더 마음에 들었다.

세라복 입은 사진을 페이스북에 올리니 반응이 좋았지

만, 173cm의 큰 키에 귀여운 옷을 입는다는 것에 대해서 부정적으로 보는 시선들도 상당했다. 그런 반응을 본 후로는 세라복이 귀엽게 어울리는 친구들을 부러워하면서도 어쩐지 선뜻 입을 수 없었다. 내가 이런 옷을 입어도 되는 건가? 나는 결국 검고 무난한 옷을 위주로 입는 패션으로 돌아왔다.

양갈래 머리는 몇 살까지 할 수 있을까? 비키니는 몇 킬로그램까지 입을 수 있고, 또 핑크색 리본은 얼마나 러블리한 외모여야 허용될까? 정해진 원칙이 있는 것도 아닌데 우리 사회는 이상하게 그걸 일일이 검열한다. 남들이 이상하게 볼 것 같으니까 스스로도 자신을 검열하게 된다. '내 나이에는 좀······', '이 몸으로 이런 옷 입으면······' 하면서 자신이 가진 가능성을 하나씩 지워나간다. 개성이 중요하다고는 하면서도 정작 튀는 건 용납하지 못하는 게 현실이다. 해외에 나가보면 인종도 체형도 다양한 사람들이 입고 싶은 대로, 자신 있

게 입는 분위기인데 우리는 유독 주변의 눈치를 보게
되는 것 같다.

나도 어릴 때부터 내 체형에 허용되는 옷의 한계가 있
다고 나도 모르게 생각해왔다. 키가 크니까, 어깨가 넓
으니까, 뚱뚱하니까. 이런 체형에 허용되는 보편적인
기준에 맞는 옷을 주로 입으려고 했다. 특히나 SNS를
하면서 사람들의 관심을 받기 시작했을 때는 사람들에
게 사랑받기 위해서는 더더욱 세상의 기준과 눈높이
에 맞는 모습을 보여줘야 하는 줄 알았다. 그러다 보니
심지어 내가 좋아하는 스타일마저 조금은 부끄러웠다.
남들이 안 어울린다고 생각할까 봐 나도 모르게 이런
말을 자주 했다.

나는 생긴 거랑 달리 귀여운 걸 좋아해!

그런데 평소에 항상 특이한 스타일을 즐기던 친구와

대화하며, 조금 다르게 생각해보게 되었다. 그때까지 나는 어떤 특이하고 독특한 패션 스타일은 홍대 거리에서는 괜찮을지 몰라도 시골 장터에서는 못 입을 것 같다는 식으로 마음대로 기준을 세워서 생각했다. 결국 누구인지도 모를 주변 사람들의 눈치를 살핀 셈인데 그 친구는 그런 걸 전혀 상관하지 않았다. 꼭 필요한 TPO만 맞춘다면 평소에는 마음대로 입고 어디든 갈 수 있다는 주의였다. 남들이 뭐라든 자신만의 확고한 스타일을 입을 수 있다는 게 신기했고, 부러웠다.

나는 다른 사람들이 날 어떻게 볼지 너무 신경 쓰이는데, 너는 안 그래?

다른 사람들? 그러면 한국인들을 전부 만족시킬 거야? 그냥 내가 좋으면 입는 거지!

그런 대화를 나누면서 내가 너무 작은 세상에 살고 있

었다는 걸 깨달았다. 사실 그 누구보다 나 역시 다른 사람들의 외모를 먼저 살피는 사람이었다. 내 몸을 평가받는 걸 그렇게 싫어했으면서도, 길을 가면서 '저 여자애는 교복 핏이 나랑 다르게 엄청 말랐네', '뼈대가 얇아서 좋겠다', '쟤는 다리가 기네, 짧네' 하고 나도 모르게 생각하고 있었다. 사람을 볼 때 눈을 봐야 하는데 나도 모르게 그 사람의 팔뚝이 얇은 걸 보고 있다는 걸 깨닫고 화들짝 놀라기도 했다. 그 버릇이 참 오랫동안 고쳐지지 않았다. 성인이 되어서도 의식적으로 많이 노력했고, 이제는 많이 나아져서 드디어 사람을 볼 때 눈을 먼저 마주 볼 수 있게 됐다.

우리 몸에서 코어 근육이 중심을 잡아주는 것처럼 겉에 걸치는 옷도 나만의 코어를 가지면 좋겠다는 생각이 들었다. 다양한 스타일을 시도하고, 나에게 어울리는 옷을 입고, 또 그걸 콘텐츠를 통해서 당당하게 보여주고 싶었다. 남들이 좋아하는 스타일로만 옷을 입고 맞추다 보면 정작 내가 뭘 좋아하는지조차 점점 잊어버리게 될지도 모른다.

내 매력을 가장 잘 알 수 있는 건 자기 자신인데, 나만 가질 수 있는 온전한 매력을 포기하는 건 내 인생 전체를 놓고 봤을 때 너무 큰 손실이다. 그래서 이제는 '저는 하체 비만인데 롱치마 입어야겠죠?' 하고 묻는 분들에게 그런 고민은 필요 없다고 단언한다. 뱃살이 나와도 크롭티를 입을 수 있고, 덩치가 커도 양갈래 머리를 한다고 해서 누구에게 피해가 가는 것도 아니다.

물론 우리나라에서는 다들 남에게 관심이 많고, 몸매나 패션을 쉽게 지적하는 분위기가 여전하다. 하지만 사람들의 시선에서 자유로워지는 방법을 단순하게 생각해보면, 나라도 안 그러면 되는 게 아닐까?

나라는 사람은 태어날 때부터 죽을 때까지 나와 함께

살아간다. 사회 속에서 남들과 공존하지만 나 자신과 가장 많은 시간을 보내는데, 내가 스스로 나를 존중하고 주체적으로 살지 않으면 누가 나를 챙겨주겠는가. 본인의 취향을 가장 중요하게 우선순위에 둘 수 있어야 남의 시선에서도 좀 자유로워질 수 있는 것 같다. 물론 어떤 의견이 정답이 될 수는 없겠지만, 조금은 단순하게 생각하는 게 각자의 답을 찾는 데 도움이 될 수 있다고 생각한다.

모두가 아이돌이 될
필요는 없다

우리나라 아이돌이 세계적으로 인정을 받는 추세다. 나도 아이돌을 좋아한다. 무대에서 입는 화려한 의상도 참 예뻐서, 아이돌의 패션이 그 시대의 트렌드를 이끌어가기도 한다. 그런데 아이돌이 많은 인기를 얻고 동경의 대상이 될수록 일반인들이 그 패션 트렌드를 따라가기는 더 어려워지는 듯하다. 아이돌 패션은 아이돌의 체형에 특화되어 있고, 아이돌은 체형을 특별히 더 혹독하게 관리할 수밖에 없는 사람들이다. 그 유행에 그대로 동참하려면 아이돌과 비슷한 체형을 먼저 준비해야 한다.

몸무게를 공개한 이후에 다양한 옷을 입어보는 콘텐츠 중에서 가장 조회수가 높고 인기가 많았던 건 내가 아이브의 장원영이 입었던 옷을 따라 입어본 영상이었다. 장원영은 키가 크고 늘씬한 몸매로 유명한데, 알고 보니 키가 나랑 똑같았다. 그렇다면 내가 장원영과 같은 몸무게가 되면 체형도 같아지고, 장원영이 입는 옷을 내가 입을 수 있게 될까? 그건 아닐 것이다. 죽어라 살을 빼면 옷이 들어가기는 하겠지만 그 핏이 그대로 나오지는 않는다. 골격근량이나 뼈대 등 체형을 이루는 요소는 키와 몸무게뿐이 아니라 훨씬 디테일하고 복잡하기 때문이다.

실제로 장원영이 입었던 옷이나 비슷한 옷을 열심히 검색해서 구해봤고, 원 사이즈인 그 옷을 끼워 입은 모습을 가감 없이 영상에 담았다. 왜 살을 안 빼고 그런 옷을 입느냐는 부정적인 반응도 있었지만, 아무리 살을 빼도 뼈를 깎아 골격부터 따라갈 수는 없다는 공감도 많이 얻었다. 내가 정말 하고 싶은 말은 꼭 우리가 장원영이 되지 않아도 '괜찮다'라는 것이었다.

돌아보면 나 역시 과거에는 너무 바보 같았다. 내가 가질 수 없는 여리여리한 뼈대의 마른 몸매와 남들이 타고난 예쁜 얼굴을 부러워하며 그걸 따라가려고 집착할 시간에, 왜 내가 이미 가지고 있는 걸 돌아보지 않았을까? 최소한 책 한 줄이라도 더 읽었으면 지식적인 나의 커리어가 쌓였을 텐데.

사람과 사람이 만났을 때 3초 만에 외모를 보고 첫인상이 정해진다고 하지만, 결국은 대화를 나누어봐야 그 호감이 깊어질지 사라질지 결정된다. 외모는 바꿀 수 없지만, 내가 노력한다면 더 깊이 있는 지식과 내면을 바탕으로 대화에서 상대방을 사로잡을 수 있는 사람이 될 수도 있다.

물론 연예인이나 모델처럼 외모를 관리하는 것까지가 자신의 커리어인 사람들도 있다. 그들에게 외모도 커리어의 일부라면 나 같은 일반 사람들은 내가 가지고 있는 다른 커리어에 집중해야 하지 않을까? 이전에 한소희 배우가 라이브 방송에서 누군가 '언니처럼 마르고 싶어요'라고 하자 '나처럼 마르면 위험해'라고 답변하는 걸 봤다. 각자 자신의 삶과 일에 맞는 체형, 또 건강하기 위한 체형이 있을 것이다.

한국은 트렌드에 정말 민감하고, 심지어 트렌드를 잘 따라가지 못하면 뒤떨어지는 것처럼 부정적으로 보는 시선도 적지 않다. 그런데 아이돌이 선도하는 트렌드를 따라가는 게 애초에 쉽지 않다면 그저 좌절해야 하는 걸까? 우리가 아이돌도, 모델도 아닌데 자신의 업과 상관없이 누구나 아이돌만큼 마를 필요는 없다. 삶의 모든 질문에 마치 '살 빼면 되잖아!'를 해답처럼 제시하는 사회에 물음표를 던지고 싶다.

지금은 패션 콘텐츠를 다루면서 내가 영상에서 소개한 옷이 품절되거나, SNS에 소개한 옷을 자기 게시물에 태그하시는 분들을 보면 그분들이 옷을 고르고 선택하는 데 있어 무언가 작은 도움이라도 되었다는 사실이 뿌듯하다. 우리의 행복의 일부는 돈으로도 살 수 있으니까, 그 돈을 유용하게 소비할 수 있도록 정보를 나누는 것도 어느 정도 그분들의 행복에 기여하는 것이 아닐까?

특히 나와 비슷한 체형이라 옷 고르는 게 고민이었다는 분들에게 나의 시행착오를 바탕으로 쇼핑의 실패를 줄일 수 있도록 계속해서 좋은 팁을 주고 싶다. 예전에는 나 같은 체형의 고민이 많지 않을 줄 알았는데, 생각보다 많은 분이 같은 고민 속에서 도움을 받는다고 해 주셔서 나도 보람을 느낀다.

이제 나는 '워너비' 몸매나 스타일에 대한 트렌드를 따라가기보다는 나의 강점을 발전시키고 나만의 색깔을 만드는 데에 더욱 집중해서 나에게 맞는 커리어를 쌓아가고 싶다. 나에게 어울리는 스타일을 찾아가고 싶어서 다양한 시도를 해보고 있고 패션 잡지도 많이 본다. 또 SNS에서도 다양한 레퍼런스를 찾아보는 편이다. 패션 아이템을 고를 때는 트렌드를 고려하되 전시된 그대로 사지 않고 내가 원하는 색깔을 입히려고 한다. 누굴 따라가는 것이 아니라 내게 어울릴 만한 다양한 스타일을 시도하면서 단단하게 중심을 잡을 수 있는 '은솔 코어'를 만들어가는 중이다.

내가 생각하는 진정한
'바디 포지티브'

예전에 비하면 그래도 사회적으로 체형의 다양성을 인정하려는 노력이 조금씩 이루어지고 있는 것 같다. 무엇보다 자기 자신에 대한 지나친 검열보다 자기 몸을 있는 그대로 사랑하려는 사람들이 늘어나는 건 분명 긍정적인 변화라고 본다. 특히나 사람마다 타고난 체형은 다양하다. 똑같은 키와 몸무게, 심지어 근육량이 비슷하다고 해도 골격의 차이에 따라서 몸의 라인에는 차이가 생긴다. 일명 'S라인'이라고 하는 일관적인 기준을 적용하며 몸매를 지적하는 사람들을 신경 쓰다 보면 끝이 없다. 있는 그대로의 건강한 자기 몸을 사랑하는 바디 포지티브는 다시 말해서 남이 아닌 나 자신을 만족시키고 발전해가는 방법이기도 하다.

하지만 있는 그대로의 몸을 사랑하라는 이야기가 자기 관리를 할 필요가 없다는 뜻은 아니다. 현실적으로 외모도 하나의 경쟁력인 건 사실이다. 다만 무조건 예쁘거나 말라야 한다는 것이 아니라, 몸과 마음을 건강하게 하는 영역에서의 자기 관리는 분명히 중요하다고 생각한다. 우리나라는 흔히 마른 몸을 지향하고 뚱뚱한 몸은 문제 삼는 분위기지만 사실 저체중이나 마른 비만도 건강 면에서는 분명 문제가 된다. 비만이 각종 질병을 야기할 수 있다는 사실은 잘 알려져 있지만, 마른 비만이나 심각한 저체중 역시 건강에 대한 위험 요소를 지니고 있다는 사실은 소홀히 여기고 간과하는 사람들이 많다.

'나는 뚱뚱한 그대로의 내 몸을 사랑해!'라는 마인드도 물론 필요할 수 있지만, 건강이 나빠지고 있다면 정말 그대로 괜찮을까? 자칫 자기 관리에 대한 노력을 멈추고 합리화하는 건 바디 포지티브가 아니라 자신의 몸을 방치하는 결과가 될 수 있다. 지나치게 살이 찌거나 말라서 건강에 무리가 있는데도 내 몸을 사랑한다고 말하는 것은 모순적이고, 무엇보다 위험하다. 100세 시대에 '유병장수'하고 싶지 않다면 최소한 내 몸을 건강하게 유지할 만한 식단과 운동량은 필요하다.

예전에는 여성의 몸에 근육이 있는 걸 예쁘지 않다고 보는 경우가 많아서 심지어 김연아 선수가 광고를 찍었을 때 다리 근육을 포토샵으로 지운 일도 있었다고 한다. 하지만 최근에는 아이돌에게도 마냥 마르기만 한 몸보다 건강하게 운동하고 근육이 있는 몸을 응원하는 분위기다. 비현실적인 기준을 맞추는 것이 아니라 건강한 몸을 지키는 방법을 찾아가는 것이 바람직

하다고 본다. 일관적인 마른 몸이 아니라 본인의 키와
근육량, 체지방 등이 건강한 균형을 이루고 있는 다양
한 체형이 인정받는 시대가 왔으면 좋겠다.

요즘에는 닭가슴살을 비롯한 식단도 정말 맛있게 나
오는 제품이 많아서 의식적으로 조금만 신경 쓰면 건
강한 범위의 몸을 유지하는 게 그리 어렵지 않다. 그런
데 한편으로는 그야말로 혈당 스파이크를 불러오는 고
자극적인 음식이 너무 유행하는 게 다소 걱정스럽기도
하다. 맛있는 걸 먹으면서 즐기는 것도 좋지만 자극적
인 음식에만 너무 치우치면 건강을 해치게 되는 건 어
쩔 수 없이 당연한 진리다. 특히 건강에서 오는 '이너뷰
티'도 중요하다.

몸이 건강하지 않고 지쳐 있으면 뇌도 스트레스를 받
는다. 마음에 여유가 없으면 사람들을 친절하게 대하
기 어려워지고, 유연하게 소통하는 게 힘들어진다. 앞

으로는 기계적인 업무가 기술로 대체되면서 사람으로서의 감성적인 역량이 더욱 중요한 시대가 오고 있다는데, 자기 관리가 잘되지 않고 자존감이 떨어진 채로 사람을 대하다 보면 커리어에도 크게 도움이 되지 않을 것이다.

내가 현재 멋진 사람이 아니라고 생각해도, 멋진 사람인 것처럼 상상하고 멋진 걸 자꾸 흉내 내다 보면 어느새 조금씩 닮아가게 된다. 나는 스스로 칭찬하고, 당당함을 흉내 내고, 사회적인 페르소나를 보여주다 보면 실제로 밝은 에너지를 줄 수 있는 사람이 되어갈 수 있다고 생각한다. 자신감 있고 밝은 기운을 주는 모습은 외모와 별개로 좋은 첫인상을 만들기 마련이다. 몸과 마음을 건강하게 유지하는 바디 포지티브는 궁극적으로 언제고 나를 수면 위로 올려주는 내 인생의 든든한 파도가 되어줄 것이다.

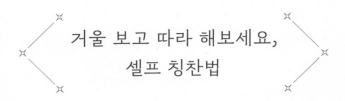

거울 보고 따라 해보세요,
셀프 칭찬법

지금은 나에게 자존감이 높은 게 무척 부럽다고 말씀
하시는 분들이 많다. 내가 과거와 달리 마음을 바꾸고
자존감을 높이는 데 있어서 무척 큰 도움이 되었던 한
가지 팁이 있다. 생각을 바꾸기 전에 행동을 바꾸는 것
이다. 어릴 때부터 엄마가 '말의 힘이 크다'는 이야기를
많이 해주셨는데, 문득 '말'로 무언가 바꿔보자는 생각
이 들었다. 최대한 객관적인 눈을 장착하려고 노력하
면서 거울을 마주 보고 물어봤다.

내 눈에 비친 나는 외모뿐 아니라 분명 다른 장점도 가지고 있는 사람이었다. 미의 기준을 '예쁘다'와 '안 예쁘다'의 이분법으로 분류할 수 있을까? 객관적으로 예쁜 얼굴이 아니더라도 예뻐 보이는 사람들이 있다. 여러 장점과 매력을 통틀어 '예쁘다'라고 표현하기로 한다면 나는 충분히 예쁜 사람일 수 있었다.

그래서 물리적으로 하루의 루틴을 바꿔보기로 했다. 아침에 눈을 뜨면 일단…… 음, 이건 어쩔 수 없다. 눈 뜨자마자 제일 먼저 휴대폰부터 들여다본다. 성공하는 습관을 가지려면 아침에 휴대폰을 보지 말라는데, 현대인이 그게 가능하긴 한 건지 모르겠다. 아무튼 잠시 휴대폰을 들여다보면서 잠을 깨고 나면 욕실에 들어가서 세수한다. 얼굴에 물을 묻히고 거울을 마주 보면 어떤 날은 내 얼굴이 마음에 들지만, 또 엄청나게 부어 있

을 때도 있다. 마음속에서 짜증이 올라오지만 입으로
는 다른 말을 한다.

뭐야, 부었는데도 되게 귀여운데?

아무도 안 듣고 있는데 내가 날 좀 칭찬해주면 어떤가.
중요한 건 생각만 하는 게 아니라 실제로 말로 내뱉어
야 한다는 것이다. 그래야 그 말이 다시 내 귀에 들리기
때문이다. 속으로 생각하는 건 금방 사라져버릴 수 있
지만 말로 내뱉으면 귀로 한번 각인되어 오래 남는다.
그래서 실제로 잠깐 머릿속에 떠올랐다가 사라져버리
는 생각들, 아니면 아침에 금방 까먹는 꿈 같은 것도 그
순간에 말로 한번 내뱉으면 잘 잊어버리지 않을 수 있
다. 그래서 자신을 칭찬하는 말도 입 밖으로 꺼내어 해
주어야 한다. 난 그게 분명 자신을 북돋는 큰 힘으로 쌓
여간다고 믿는다.

오늘은 볼살이 귀엽네? 빵빵해서 10년은 어려 보인다!

오, 머리가 떡진 게 현대미술 같은데?

오늘 속눈썹이 왜 이렇게 길어 보이지? 속눈썹 펌한 것 같은데?

칭찬은 최대한 디테일하게 해주는 것이 핵심이다. 얼굴이 마음에 드는 날보다 마음에 안 드는 날이 많지만, 굳이 그렇게 소리 내어 말하면서 나를 속이다 보면 진짜로 속게 된다. 그렇게 아침부터 자기 전까지 거울을 보면서 하루에 열 번 넘게 나에게 예쁘다고 말해준다. 샤워할 때, 로션 바를 때, 옷 챙겨입고 현관을 나서기 전에, 집에 들어와서 화장을 지울 때, 또 자기 전에 거울을 보면서도. 특히 집에 와서 화장을 지우고 씻고 난 다음에는 부기가 빠져서 하루 중에 제일 예쁜 상태가 된다. 그래서 저녁에 씻고 나서 나를 칭찬해주는 건 제일 쉬우니 절대 빠뜨리면 안 되는 순서다.

오, 예쁜데. 오늘 꽤 괜찮네?

너 너무 예쁘다!

당연히 처음에는 어색하다. 아니, 거울을 보고 혼잣말 하는 내가 이상한 사람이 된 것 같다. 그런데 또 나에게 칭찬받는 기분이 묘하게 나쁘지 않다. 습관처럼 하다 보니까 예쁘다는 말이 입에 붙고, 거울 속의 나에게 말을 거는 게 점점 자연스러워졌다. 예뻐지려는 걸 포기 하니까 내가 있는 그대로 예뻐 보였다.

집 밖으로 나가면 길거리에서도 내 모습이 유리에 비친다. 조금이라도 내가 예뻐 보이는 순간을 놓치지 말고 칭찬해줘야 한다. 아! 집 밖에서는 속으로 하는 것도 인정이다. 나는 이걸 친한 친구들에게도 전파해서, 홍 대에서 걷다가 거울이 보이면 나란히 거울 앞에 서서 자기 모습을 비춰보며 각자 자기 모습을 칭찬한다. 그 러다 보면 서로의 모습이 웃겨서 '지지배, 예쁜 건 알아가지고!' 하고 서로 놀리다가 '너도 예뻐' 하고 상대방도 칭찬해준다. 그 상황이 웃기니까 도파민이 돌고 기분이 좋아진다.

친구들끼리 서로 욕하거나 장난삼아 비하하는 게 친구 사이니까 가능한 장난인 것도 사실이지만, 나는 오히려 친구끼리 자칫 지나칠 수 있는 장점을 발견하고 칭찬해주는 게 좋다. 남이 말해줄 때 내가 몰랐던 내 장점을 알게 되기도 하고, 칭찬을 들으면 나도 뭔가 상대의 예쁜 점을 찾게 된다. 조금 가식이 섞여 있더라도 듣기 좋은 말인데 나쁠 게 있을까?

굳이 외모 비하를 유머 코드로 사용하기보다는 친구니까 해줄 수 있는 예쁜 말이 오가면 서로를 더 좋은 사람으로 봐주게 되는 것 같다. 말에는 큰 힘이 있어서 부정적인 말만 듣다 보면 힘이 빠지지만, 긍정적인 말을 많이 하면 실제로도 그렇게 생각하게 되고 좋은 에너지가 쌓인다. 그러니까 서로를 칭찬하고, 또 누가 칭찬해주지 않아도 나 자신을 칭찬해주자. 내가 정말 실제로 효과를 체감한 방법이니 믿으셔도 좋다!

위기도 기회로 만드는 나,
좀 멋있네?

사람의 일은 정말 한 치 앞도 알 수 없다. 나름대로 많은 일을 겪으면서 웬만한 고난은 극복할 수 있는 단단한 '멘탈'이 생겼다고 생각했는데, 전혀 예기치 못했던 사고가 닥쳤다. 어느 날 학교 주변에서 코너가 있는 골목길을 돌고 있었는데, 눈앞이 번쩍했다가 정신을 차려보니 내가 바닥에 누워 있었다. 뒤에서 빠르게 달려오던 전동 킥보드와 부딪쳐서 교통사고가 난 것이다.

전혀 예상치 못한 상황이라 처음에는 놀란 마음이 커서 어디가 아픈 줄도 몰랐다. 얼굴을 다친 게 느껴져서 바로 거울부터 꺼내서 확인했는데, 이마가 깊게 파이고 볼도 바닥에 다 쓸려 있었다. 어떡하지, 일단 피부과부터 가야 하나? 몸을 일으키려는데 갑자기 눈앞이 안 보이고 깜깜했다. 나중에 알고 보니 뇌진탕 증상 때문에 앞이 잘 안 보이는 상태였다. 그 와중에 일단 택시부터 잡아 급하게 피부과로 먼저 이동했다.

얼굴만 다친 게 아니었지만 그 순간에는 몸이 아픈 것도 느껴지지 않았다. 얼굴부터 급한 대로 처치를 하긴 했는데, 피부과에서는 패인 상처가 깊으니 큰 병원에 가보라고 했다. 그런데 시간이 늦어서 대학병원에는 성형외과 전문의가 없다고 하고, 겨우겨우 야간 응급 수술을 할 수 있는 곳을 찾아갔다.

수술을 기다리면서 거울로 내 얼굴을 다시 차근히 확

인했는데 그때는 오로지 상처밖에 안 보였다. 그동안 나를 다독이고 노력해온 그 모든 공든 탑들이 한순간에 우르르 무너지는 듯했다. 한쪽으로 넘어지는 바람에 오른쪽 얼굴 절반이 다 쓸려 있어서 내가 봐도 얼굴이 너무 징그러웠다.

얼굴에 상처라니! 이 얼굴로 이제 어떡해? 사람들한테 얼굴을 보이는 일을 해왔고, 사람들이 내 밝은 미소를 좋아해줬는데 앞으로 아무것도 못 하면 어떡하지? 별의별 생각이 다 들면서 계속 눈물만 쏟아졌다. 울고불고하면서 치료받고 얼굴을 꿰매는 동안에도 머릿속에 한 가지 생각밖에 없었다.

　선생님, 제발 흉만 안 남게 해주세요.

일단 수술은 잘 마쳤는데 그게 고난의 끝이 아니었다. 큰 종합병원에 입원한 김에 원래 안 좋다고 느꼈던 목도 검사를 받았는데 알고 보니 성대결절이 심하다고 했다. 당분간은 말을 하면 안 된다는 것이다. 눈물을 훌쩍이며 가만히 침대에 누워서 머릿속으로 앞으로의 일에 대해서 생각했다. 당분간 화장도 못 하고, 영상을 찍으려면 목을 많이 써야 하는데 당분간 목도 쓸 수 없게 됐다.

왜 갑자기 이런 큰일이 한꺼번에 일어날까. 중간고사 준비도 해야 하는데 시험도 못 보게 생겼고, 촬영이나 광고 일정도 잡혀 있었는데 다 미뤄야 하는 게 프로답지 못하다는 자괴감도 밀려왔다. 어쩔 수 없으니 일단 치료하는 동안에 사고 소식을 알리고 쉬어야 하는 건가? 어차피 얼굴 상처 때문에 기존 콘텐츠를 이어갈 수도 없고, 정신적으로도 혼란스러운 상황이었다.

하지만 얼굴을 다쳤고 목소리를 낼 수 없다고 무작정 모든 걸 '스톱' 하고 싶지는 않았다. 나는 내 영상을 통해서 무엇을 말하고 싶었나? 사람들이 나를 좋아하는 이유가 내 얼굴이었을까? 아니면 목소리? 내 콘텐츠로 전해지는 다른 매력들이 있지 않았을까?

문득 내가 지금껏 아픈 시간을 겪으면서 나름대로 커리어를 쌓고 성장해왔는데, 이 정도로 무너지려고 버텨왔나 싶었다. 지금까지 긍정적인 마인드를 갖추려고 노력했고, 또 그런 메시지를 전해오기도 했기 때문에 오히려 이 위기를 기회로 만들 수도 있을 것 같았다. 교통사고를 극복하는 과정까지도 영상에 담아 보여주면서 그렇게 또 하나의 고난을 넘어간다면, 나만큼 혹은 나보다 힘든 사람들에게도 동기 부여의 메시지를 전할 수 있지 않을까? 생각이 거기까지 흘러가자 다시 뭔가 의욕이 살아났다. 거울을 보면서 다짐했다. 괜찮아, 일어날 수 있어! 그리고 또 나에게 말해줬다.

위기를 기회로 만든다고? 나 좀 멋있네?

어떤 걸 하면 이 상황을 극복하고 오히려 시너지를 낼 수 있을까? 고민하다가 주변 사람들의 도움을 받아서 더빙 콘텐츠를 시도해봤다. 상처가 난 얼굴 그대로 카메라 앞에 서고, 목소리는 다른 사람이 녹음해주었다. 사실 처음에는 영상을 찍으면서도 눈가에 멍이 들어 있는 내 얼굴을 보면 절로 눈물이 났다. 그래도 인간은 적응의 동물이라서 그런지 또 보다 보니 익숙해지면서 다음 단계를 생각하게 되었다.

얼굴에 흉이 남을까 봐 걱정됐지만 이미 일어난 일인데 어쩌겠는가. 또 한편으로는 자동차가 아니라 킥보드와 사고가 난 것도 다행이었고, 오히려 이걸 계기로 기존에 하던 것과 다른 새로운 면모를 보여줄 수 있었다고 긍정적으로 생각하기로 했다. 궁여지책으로 마련한 콘텐츠지만 새로운 방식에 내 유머 코드를 적용하는 게 나름 신선했는지 반응이 나쁘지 않았다. 이 기회에 내 일상을 담아서 보여주기도 하고, 그동안 내 채널과 결이 맞지 않아서 시도해보지 못했던 콘텐츠들도 새롭게 도전해볼 수 있었다.

내가 그리 오래 산 건 아니지만 여러 우여곡절이 결국 나를 더 단단하게 만들어왔다고 생각한다. 물론 어떤 일들은 아직도 꿈에 나올 정도로 나에게 트라우마로 남기도 했다. 하지만 비 온 뒤에 땅이 굳는다는 말이 괜히 있는 건 아닌 것 같다. 우리가 다가오는 위기를 피할 수는 없지만 어떤 아픔이든 우리에게 오직 고통만을 남기지는 않는다. 오히려 성장의 매개가 되어줄 수도 있다는 걸 나도 경험으로 배웠다.

설령 지금이 내 삶에서 겪어본 최악의 위기라고 해도 내가 살아갈 날은 많이 남아 있다. 더 큰 위기가 찾아올 수도 있는데 매번 무너질 수는 없다. 나는 인생에 행운의 총량은 정해져 있다고 생각한다. 위기를 겪었다면 그만큼 아직 다가오지 않은 행운도 남아 있다고 믿는다.

인정하고 사랑하자,
내가 찾아낸 해답

유튜브를 하면서 구독자가 30만 명이 되었을 때 처음으로 작은 팬미팅을 진행했다. 좀 거창한 것 같지만 그저 팬분들과 가까이에서 만나고 소통하는 크리에이터가 되고 싶어서 진행한 행사였다. 팬분들은 아무래도 큰 규모로 하길 원하지만, 나는 한 명씩 서로 마주 보고 대화를 나눌 수 있는 규모로 하고 싶어서 당시 10명을 추첨하여 만났다.

작은 가게를 빌려서 테이블을 돌며 한 분, 한 분과 이야기를 나누고 질문지를 미리 받아 답변을 드리는 시간도 가졌다. 맛있는 음식을 나눠 먹고, 준비한 행사를 마친 뒤에는 따로 남아서 술도 마셨다. 사실 아직도 그분들과 연락을 주고받고 있으니 어떻게 보면 그냥 친구가 된 셈이다.

최근에도 구독자분들 중에서 20명만 추첨해 팬미팅을 했다. 이번에도 무슨 무대를 준비하기보다 서로 마주 보고 이야기를 나눌 수 있는 형태로 진행했다. 나는 우리가 서로 언제든 기댈 수 있는 친구 같은 존재였으면 좋겠다. 나를 사랑해주는 분들을 마주하고 나 역시 사랑을 줄 수 있게 된 건, 내가 스스로 나를 사랑하는 방법을 알게 됐기 때문인 것 같다. 그분들에게 많은 응원을 받은 만큼 나도 조금이나마 힘이 되어주고 싶은 마음이 크다.

오프라인에서든 온라인에서든 유튜브를 하면서 정말 많이 받는 질문 중의 하나가 자존감에 대한 것이다. '어떻게 하면 언니처럼 당당해질 수 있을까요?' 하고 많이들 물어보신다. 자존감을 높이는 것이 중요하다는 이야기는 많이 다뤄지는데 그래서 어떻게 자존감을 높일 수 있는지에 대해서는 해답이 부족한 사회인 것 같다. 아니, 사회에서 말하는 미적 기준을 충족시키지 못하면 오히려 자존감을 깎아내리는 상황들을 훨씬 자주, 쉽게 접하게 된다.

나는 항상 '포기할 건 포기하고, 스스로를 인정하라'고 대답하곤 한다. 그게 내가 나아갈 수 있었던 힘이었고, 내가 찾아낸 나의 답이었다. 조금이라도 몸집이 작아 보이려고 검은 옷만 입었던 내가 이제는 화려한 옷도 시도해보고, 남들이 아메리카노를 마시면 나도 마셔야 한다고 따라갔던 내가 이제 내 의견을 말할 수 있게 되었다. 그런 나를 받아들이고, 사랑할 수 있게 됐다. 세상에서 말하는 기준을 맞추는 것이 아니라, 내가 건강을 위해 노력하고 어떤 목표를 위해 달리고 있다면 그것만으로 충분히 잘하고 있다고 스스로를 칭찬해줄 수 있었으면 좋겠다.

특히 요즘엔 다들 SNS를 즐겨 하다 보니 다른 사람들과 나를 비교하게 되는 경우가 많다. 인스타그램에서는 다른 사람 인생의 하이라이트만 보여줄 뿐이라는 걸 알지만, 나도 그 사람의 하이라이트가 나의 하이라이트보다 더 빛난다고만 생각했다. 그렇지만 내가 그 사람이 될 수는 없다. 집요하게 부러워하기보다는 단순하게 포기하는 용기를 갖고, 남에게 사랑받는 이상으로 내가 나 자신을 사랑해줘야 한다. 무엇보다 내가 스스로를 사랑하지 않으면 설령 다른 사람이 마음을 줘도 그걸 내 안에 예쁘게 담기 어려워진다.

나는 어릴 때 항상 나에게 자신이 없었는데, 내가 어릴 때부터 예뻤다는 친구들의 말은 지금에서야 귀에 들어온다. 나를 좋아하고 예쁘게 봐준 사람들이 있었다는 사실을 이제야 알아서 그때의 어린 내가 가엾고 조금은 마음이 아팠다. 남들이 나를 미워한다고 생각하고 내가 더 나를 미워했던 시절에는 주변에 있는 다정한 마음에 시선을 향할 여유조차 없었다. 이제야 나에 대해서 더 깊게 마주 보고, 또 스스로 보듬어줄 수 있게 된 것 같다.

사실은 아직도 우울증 약을 먹고 있다. 이런 이야기를 하면 사람들이 놀라는데, 많은 분들이 나를 ENFP 같다면서 마냥 밝고 해맑게 자랐을 것 같다고 짐작하신다. 이제 와서 예전 친구들에게 내 학창 시절에 대한 기억을 물어봐도 내가 워낙 밝은 모습이라 얼마나 힘든지 잘 몰랐다고 한다. 나중에야 속사정을 알고 놀랐다면서, 내가 항상 남들을 웃게 해주는 재능이 있었다고 이야기해주기도 했다. 감정 숨기는 법을 잘 알게 될 수밖에 없는 환경이었고, 친구들도 등을 돌릴 수 있다고 그때는 생각했던 것 같다.

지금도 밝은 성격이긴 하지만 종종 찾아오는 우울감 속에서 사회적인 가면을 쓰고 있는 것도 사실이다. 특히 운동을 오래 하면서 사람 관계에 서툴고 상처도 많다 보니 사람을 대하고 소통하는 방법을 배우는 과정에서 나의 사회적 가면도 만들어지지 않았을까. 하지만 그게 가식이나 위선이라고 생각하지는 않는다. 그 역시 그저 예쁜 가면을 쓴 내가 아닐까? 상처를 가만히 들여다보는 나도, 예쁜 가면을 쓰고 사람들을 만나는 나도 나의 일부인 것은 분명하다. 지금은 그런 나 자체를 있는 그대로 바라보려고 계속해서 노력하는 중이다.

감정은 사라져도
끝내 결과는 남는다

수영에는 '물 감'이라는 게 있다. 보통 물에서 나와 4시간에서 8시간 정도의 텀이 지나면 물 감을 잃는다고 말한다. 실제로 일주일쯤 휴가를 갔다가 물에 들어가면 몸이 내 것이 아닌 것처럼 무겁게 느껴지고 잘 나아가지 않는 느낌이 든다. 물을 잡는 감이 달라지는 것이다. 물론 그 차이를 알 수 있는 건 아침저녁으로 꾸준히 물에 들어가기 때문이다.

내가 오랫동안 우울감에 시달리면서 느낀 건 감정에도 그런 지속성이 있다는 것이다. 긍정적인 생각을 계속 유지하려고 노력하면 그 감을 잃지 않고 지속할 수 있는데, 한번 놓치고 부정적인 생각에 사로잡히면 마치 '물 감'을 잃는 것처럼 경로를 이탈하게 된다. 매일 습관처럼 하는 긍정적인 루틴을 며칠 동안 벗어나게 되면 나도 모르게 무기력해지면서 그 차이가 확연하게 느껴진다.

그래서 나는 내 루틴을 최대한 건강하고 긍정적으로 유지하려고 노력한다. 특히나 프리랜서는 스스로 시간 관리를 하지 않으면 밤낮이 뒤바뀌기 쉽다. 그런데 신체 리듬은 생각보다 우리의 감정에 많은 영향을 미친다. 우울한 감정에 사로잡히지 않으려면 하루를 컨트롤할 수 있어야 한다. 나는 최소한 새벽 1시 이전에는 잠들려고 노력한다. 우울증 약과 신경안정제를 복용 중일 때는 수면의 질이 중요하기 때문이기도 하지만,

새벽 늦게까지 깨어 있으면 확실히 우울감이 높아지는 걸 느낀다. SNS에도 새로운 게시글이 올라오지 않고 완전히 고립된 것처럼 느껴질 수 있는 시간대에는 남들처럼 건강하게 잠을 자야 한다.

그리고 늦잠을 자더라도 절대 오후 시간대에 일어나지 않으려고 한다. 오후에 일어나면 하루가 빨리 끝나게 되고 시간을 허비했다는 자책감과 허무함이 밀려올 수밖에 없다. 더구나 사람들과 일하고 소통하려면 기본적으로 보편적인 업무 시간을 맞춰서 활동해야 한다. 그런 생활 패턴이 무너지면 어느 순간 사회적인 자신까지 잃어버리고 도태되는 느낌이 들 수 있다. 미라클 모닝까지 하자는 게 아니라 충분히 지킬 수 있는 생활 패턴을 갖자는 것뿐이지만, 대학생의 방학이나 출근하지 않는 프리랜서는 은근히 불규칙한 일상에 빠져들기 쉽다.

이렇게 가장 기본적인 생활 루틴을 따르는 것은 감정에 함몰되지 않기 위한 나만의 규칙이다. 가끔 우울한 마음이 올라올 때도 있지만 그 감정에 집중하면 우울감이 증폭되고 어느 순간 갯벌처럼 벗어나기 어렵게 빠져든다는 걸 알기 때문에 최대한 다른 행동을 시작해서 환기를 해보려고 한다. 일단 자리에서 벌떡 일어나보고, 그림을 그리거나 좋아하는 애니를 보기도 하고 친구에게 전화해서 소소한 수다를 떨어본다.

제법 힘든 시기를 지나오고 나 자신을 포기하고 싶은 적도 있었지만, 결국 지금의 나는 결국 버텨서 이렇게 살아남았고 또 스스로 빛나는 법을 배웠다. 그때의 불행한 감정들은 사라지고 지금의 화려한 결과만 남아있다. 어느 책 제목에서 '감정은 사라져도 결과는 남는다'는 문구를 보고 너무나 마음에 와닿아서 내 좌우명으로 삼았다. 힘들 때마다 다시 생각한다. 이 힘든 감정은 금방 사라지고, 내가 나아가는 만큼 결과는 찬란

할 것이라고. 그러니까 우리는 순간의 감정에 함몰되지 말고 조금이라도 자신을 더 위하는 선택을 해나가야 한다고.

행복이 감정이라면 우리는 평생 행복하기만 할 수는 없다. 그렇다고 행복이라는 상태를 목표로 두고 나아가는 것은 오히려 손에 닿지 않는 신기루처럼 우리를 힘들게 만들 수도 있다. 우리는 그저 일상 속의 수많은 선택과 행동을 통해서 그 순간의 행복들을 누려야 하지 않을까. 행복에 도달하기 위해서 집착하지 않는 삶이 오히려 진정한 행복에 자주 가까워지는 길인 듯하다. 그래서 때로 불행한 순간이 있어도, 나는 다시 나를 행복하게 만드는 선택을 할 수 있다고 믿는다.

KI신서 11923

마르지 않아도 잘 사는데요

어제는 수영 선수, 오늘은 70kg 크리에이터
노은솔의 자존감 200% '나 사랑법'

1판 1쇄 인쇄 2024년 6월 5일
1판 1쇄 발행 2024년 6월 19일

지은이 노은솔
펴낸이 김영곤
펴낸곳 (주)북이십일 21세기북스

인문기획팀 팀장 양으녕 **책임편집** 정민기 **마케팅** 김주현
디자인 studio forb
출판마케팅영업본부장 한충희
마케팅2팀 나은경 정유진 백다희 이민재
출판영업팀 최명열 김다운 권채영 김도연
제작팀 이영민 권경민

출판등록 2000년 5월 6일 제406-2003-061호
주소 (10881) 경기도 파주시 회동길 201(문발동)
대표전화 031-955-2100 **팩스** 031-955-2151 **이메일** book21@book21.co.kr

© 노은솔, 2024

ISBN 979-11-7117-611-3 03810

(주)북이십일 경계를 허무는 콘텐츠 리더

21세기북스 채널에서 도서 정보와 다양한 영상자료, 이벤트를 만나세요!
페이스북 facebook.com/jiinpill21 **포스트** post.naver.com/21c_editors
인스타그램 instagram.com/jiinpill21 **홈페이지** www.book21.com
유튜브 youtube.com/book21pub

당신의 일상을 빛내줄 탐나는 탐구 생활 〈탐탐〉
21세기북스 채널에서 취미생활자들을 위한 유익한 정보를 만나보세요!